KB142251

말해봐
나한테
왜 그랬어

말해봐 나한테 왜 그랬어

2016년 11월 30일 초판 1쇄 발행

지은이 김현진, 김나리

펴낸이 정해종
마케팅 심규완, 김명래, 권금숙, 양봉호, 최의범,
　　　　 임지윤, 조히라

책임편집 이한아, 이기웅, 김새미나
경영지원 김현우, 강신우

펴낸곳 박하
주소 경기도 파주시 회동길 337-16 3층
팩스 031-955-9914

출판신고 2016년 5월 20일 제406-2016-000066호
전화 031-955-9912 (9913)
이메일 bakha@bakha.kr

ⓒ 김현진, 김나리
(저작권자와 맺은 특약에 따라 검인을 생략합니다)

ISBN 979-11-958230-0-0 (03810)

· 이 책은 저작권법에 따라 보호받는 저작물이므로
　무단전재와 무단복제를 금지하며,
　이 책 내용의 전부 또는 일부를 이용하려면
　반드시 저작권자와 박하의 서면 동의를 받아야 합니다.
· 잘못된 책은 구입하신 서점에서 바꿔드립니다.

· 이 책의 국립중앙도서관 출판시도서목록은
　서지정보유통지원시스템 홈페이지(http://seoji.nl.go.k)와
　국가자료공동목록시스템(http://www.nl.go.kr/kolisnet)에서
　이용하실 수 있습니다. (CIP제어번호: 2016025618)
· 책값은 뒤표지에 있습니다.

말해봐 나한테 왜 그랬어

김현진 김나리
장편 소설

박하

이야기를 시작하며

글 쓴다, 라고 하기 민망해 글씨 씁니다, 하고 얼버무린 지 꽤 됐다. 내 이야기를 사람들이 읽어주기 시작하여 얼결에 시작한 것이 벌써 인생의 절반을 글씨 쓰며 살아왔다. 내 이야기를 계속해서 내놓았지만, 실은 이야기를 지어내고 꾸며내는 것을 좋아하고 동경했다. 심지어 그걸 배워보려고 빚을 내서 대학원까지 갔다. 선생님들은 하나같이 '잡문'에 익숙해진 나를 걱정해주셨고 특히 지도교수이셨던 김경욱 선생님은 창작을 하라고 늘 독려하셨다.

그때 나는 황당한 회사에 다니고 있었는데, 거기에서 일어나는 사건들에 비하면 내가 지어내는 이야기의 흥미 요소가 너무나 빈약하다 느낄 정도로 황당무계한 곳이었다. 대학원 과제로 이야기를 어떻게든 지어내보려다가 결국 그 주에 회사에서 있었던 일을 써서 가면 김경욱 선생님은 '세상에 이런 회사가 어디 있느냐'라며 개연성을 지적하셨다. 나는 아주 잠깐 입을 다물었다가 그런데요 결국 선생님 이거 저희 회사 얘기예요, 라고 불고야 말았다. 선생님은 이런 일이 어디 있어, 라고 하셨다가 네 얘기 하지 마라니까 창작하라고 했잖니, 라며 잘생긴 얼굴에 복잡한 그늘을 드리웠다. 지어내고 꾸며내려고 할 때마다 나는 번번이 현실보다 더 황당한 일들을 마주치고 결국 참지 못하고 그걸 쓰곤 했다.

사실 여성들의 숨겨진 삶, 그들이 차마 말하지 않는 삶에는 그런 일들이 가득 차 있다. 세상에 그런 일이 어디 있어, 요즘 누가 그렇게 살아, 설마 그런 일이 있으려고, 말하지만 실제로 설마 '그런 일'들이 어떤 여성들의 삶에는 억지로 닫은 서랍 속에서 금방이라도 삐져나오려고 하는 잡동사니처럼 가득 차 있다.

내가 쓰고 싶었던 것은 그 어두운 서랍 속의 이야기다. 캄캄하고 꽉 차서 내가 너인지 네가 나인지, 이게 내 것인지 네 것인지 보이지 않는 어둠 속에서, 온 힘을 다해 밀어서 간신히 닫아놓은 서랍. 마음속에 꽉 찬 서랍을 지닌 여러분. 우리는 서로의 용기다.

그 서랍 속의 산소 농도를 아는 김나리라는 친구의 섬세하게 결이 빛나는 글을 호시탐탐 노리고 있다가 기어코 함께 작업하게 되어 고맙고 기쁘다. 공저자로서가 아닌 한 사람의 독자로서 앞으로 그의 글을 앞으로 풍성하게 만날 수 있기를 바란다. 그래서 은은하게 광채가 드러나는 섬세한 작가를 세상에 끌어낸 공을 우쭐우쭐 자랑할 수 있었으면 좋겠다.

작업 기간 동안 몇몇 소중한 분들께 받은 과분한 사랑과 돌봄으로 아직까지 기어코, 살아 있다. 그리고 언제나 가장 고마운 것은, '아직도' 내 글을 읽어 주는 바로 당신이 계신 것이다.

부디 온 힘을 다해 행복해지시기를.

가을,

김현진

차례

이야기를 시작하며   5

캠핑 전야   10

처음으로 하는 마지막 고백   22

마음이 주저앉아   30

보고 싶다고 말하지 못하고 개새끼, 라고 말하게 되는 밤   44

터미널의 돈가스 정식   60

살아 있어요   76

가끔 땅한테 미안해요   88

서로의 요정이 되어   94

실제 동화   110

사랑, 어쩌면 섹스   118

우리 집에 놀러올래요?   150

내 친구의 집은 어디인가   162

나의 아주 깊숙한 방   172

그 사람의 유전자 180

가장 평범한 섹스 188

언젠가 우리는 계단에서 떨어질 거예요 200

인대가 나가는 법에 대하여 216

사랑에 대해 생각하면 사랑은 멀어져요 230

나는 그런 데 안 가요 236

나도 그런 데 안 갑니다 248

나의 장례식 식단 구성 258

당신의 슬픔에 경애를 268

캠핑 시작 286

이야기를 마치며 322

캠핑 전야

폐점 시간이 임박한 대형 마트 안, 종업원들이 '30%~40% 가격 인하'라고 찍혀 있는 스티커를 신선 식품 포장 팩 위에 붙여나갔다. 할인율은 점점 커지고 평소 손이 가지 않던 대형 초밥 세트 같은 것을 낚아채듯 집어 드는 사람들 사이에서 두 여자만 카트도 장바구니도 없이 서 있었다. 키가 좀 더 크고 눈매가 진한 여자가 얌전하고 수수한 여자의 팔을 잡아끌며 속삭였다.

"뭐… 보, 보는 척이라도 해요. 수미 씨."

멀뚱히 서 있기만 하던 수미가 바로 앞의 건어물 코너로 무심하게 손을 뻗어 '꾸이꾸이' 하나를 집어 들었다.

"아, 이거. 저 이거 되게 좋아해요. 부숴서 소주랑 먹으면."

민정이 수미를 내려다보면서 순간 맥이 풀린 듯 숨을 탁 내뱉으며 어이없이 웃었다.

"…되게 좋은데."

수미가 속삭이듯 중얼거렸다. 마트의 CCTV가 HD수준의 고화질이었다면 민정이 눈까지 웃고 있지 않다는 것을 잡아낼 수 있었을지도 모른다. 민정도 '꾸이꾸이'라고 쓰여진 생선포를 괜스레 집어 들었다. 민정은 저도 모르게 손가락으로 와자작, 와자작 하다가 계산도 하지 않은 것을 공연히 부수고 있다는 것을 알아차리고는 얼른 제자리에 다시 두었다.

민정은 수미의 팔을 끌어당겨 '브라 6,800원 팬티 2,800원'이라고 적혀 있는 세일 상품 진열대에 산더미같이 쌓인 브래지어와 팬티 앞에 섰다. 민정은 이런 데에서만 속옷을 샀다. 평소 속옷의 위아래를 맞춰 입지도 않거니와 맞춘다 하더라도 둘을 합쳐 만 원을 넘기는 것을 입는 법이 없었다. 민정은 수미를 힐끔 바라봤다. 민정에게 수미는 이런 데에서 파는 속옷은 입지 않는 타입으로 보였다.

굽 낮은 샌들에 무릎 아래까지 내려오는 잿빛 도는 핑크빛 아코디언 주름 스커트를 입은 수미의 종아리는 조금 둥글고 통통했지만 뽀얗고 깨끗했다. 섬세한 아일릿으로 장식된 낙낙한 하얀 블라우스, 새끼손톱보다 작은 펜던트 목걸이를 한 목덜미도 마찬가지로 청결함이 느껴졌다. 펑크족으로 보일 정도까진 아니지만 약간 거친 느낌으로 징이 박힌 민정의 샌들은 조금 터프했는데, 짧은 반바지 아래로 보이는 길쭉한 맨다리도 자세히 보면 미끈한 게 아니라 온갖 흉터로 역시, 굉장히 터프했다. 그중에서도 무엇보다 가장 터프한 건 그런 흉터 따위 전혀 신경 쓰지 않고 마이크로 숏팬츠를 입는 민정 자체였다. 사람들은 그녀의 상처투성이 다리를 보고 자주 싸움을 거는 여자라고 생각할지 모르지만, 단지 그녀는 술을 마시면 쉽게 넘어질 뿐이었다. 많은 만취자가 그렇듯이.

민정은 괜히 판매대에서 하늘색 땡땡이 무늬 팬티를 집어 펼쳐들다가 멍하니 서 있는 수미에게 말했다.

"저기. 있잖아, 뭐라 불러야 하나, 저… 자기. 이런 말 섭섭하게 들리겠지만 내가 어떻게 해줄 건 없어. 그냥 경찰에 신고하면 될 거야. 경찰에게 사실 그대로만 말하면 수미 씨를 도와줄 거야. 그리고 우리 따지고 보면 오늘 처음 만난 사이입니다?"

수미는 피딱지가 앉아 불룩하게 부은 입술을 아랑곳 않고 꾹 깨물더니 고개를 반짝 들어 민정을 쳐다봤다. 민정은 그 시선을 맞받지 못하고 들고 있던 팬티로 돌려 하늘색 땡땡이를 속으로 세다가 겨우 입을 열었다.

"우리가 오늘 처음, 아니 그런 말 말고, 그냥, 그냥 저기…."

"도와줘요."

수미의 말은 간결했고, 그래서 이유 모를 힘이 있었다. 민정의 얼굴에 당혹감이 그늘처럼 어렸다. 마주치는 눈빛을 피하려는 민정에게 수미가 다급히 덧붙였다. 이번엔 더 그랬다.

"제발 날 도와주세요."

민정은 괜히 잘 정돈되어 있는 매대 위의 팬티나 양말을 들었다 놓았다. 파마가 다 풀려 힘없이 늘어진 머리카락을 손가락에 돌돌 감았다 풀었다 하다가 불현듯 달래는 말투로 바꿔 말하기 시작했다.

"수미 씨, 그래. 아니, 자기야. 솔직히 난 자기가 왜 이렇게 하고 싶어 하는지 알겠어. 그렇지만 그건 정당방위잖아? 누가 봐도 정당방위야. 그냥 경찰에 알려서 처리하면 될 것 같아. 자긴 죄가 없어. 문제를 어렵게 만들지 말자."

"내가 처리해야 해요."

"이 엄청난 일을 자기가 무슨 수로 어떻게 처리하겠다는 거야?"

"그러니까 민정 씨한테 연락한 거잖아요."

"아니, 그러니까 왜 나한테…."

"그럼 저는 누구한테 연락해요."

수미는 입술을 달싹이며 할 말을 주워 모으듯 머뭇거리다, 다시 민정 쪽을 향해 서서 말했다. 마치 이제 밥 먹으러 가죠, 하듯.

"도와줘요."

"계속 말했지만 우리 오늘 처음 만났고, 처음 만난 사이에 같이 할일 치고는 이건 뭐랄까, 너무 좀 과격하지."

"정말 그렇게 생각해요? 진심으로 그렇게 생각하는 건 아니죠? 진심으로 우리 태어나서 지금 처음 만났다고."

수미의 눈이 까만 구슬처럼 반짝거렸다. 민정은 왠지 이러다 홀리겠다 싶어 정신줄을 꽉 잡아야겠다고 생각했지만, 수미는 더 눈을 반짝거리면서 말을 이어갔다.

"만난 건 그렇죠. 우리가 나눈 말들은 다 잊었어요? 전화번호부 한 권은 너끈히 될 텐데요?"

"그래, 그건 맞아. 그렇지만 난 사실 자기하고 어떻게 이 일을 처리해야 할지 전혀 모르겠어. 굳이 자기 손으로 어쩌겠다는 건지도, 전혀 모르겠어."

"저도 그래요. 이런 일은 처음이라."

"야, 나는!"

"언니가 그랬잖아요. 나보고 살아 있으라면서요. 그냥 자연스럽게 흘러가는 대로 살아 있으라고 했잖아요."

"살아 있으라고 했지, 사람을 죽이래?"

"그 사람은… 제 손으로 끝내야 해요. 제가 지은 죄니까."

"몇 번을 말해? 자긴 죄가 없다니까? 누가 봐도 정당방위야! 그놈이 달려들었다며! 자기는 방어를 하려고 밀친 것뿐이야. 그런데 그놈이 술에 떡이 돼서 저 혼자 사고 난 거 아냐? 그런 것까지 다 죄라고 하면 이 나라에 감옥이 남아나지 않겠다."

"언젠가, 언니가 자신을 웰컴매트라고 했던 거 기억해요? 남자들의 웰컴매트."

"웰컴매트?"

"현관문 앞에 보면, 신발에 먼지 털라고 있는 거 말이에요. 오염 물질은 여기에 털고 들어오세요, 웰컴. 뭐 그런 의미의 웰컴매트."

"아, 그거. 발닦개. 기억나."

"난 9년 동안 그 사람의 발닦개였어요. 그게 내 죄예요."

"9년 동안 자기가 당한 건데 그게 왜 자기 죄니? 정말 미치겠다."

"난 그동안 쭉 알고 있었어요. 누구도 누구에게 발을 닦아선 안 돼요. 그런데… 나는 그 사람이 계속 나한테 발을 닦게 했어요. 사랑해주지 않아도…, 발이라도 닦아주면 좋았어요. 그렇지만 그렇게 하면 안 되는 거였는데. 내가 그렇게 만든 거예요, 나를…. 그러니까 내 죄예요. 내 손으로 마무리하고 싶어요."

민정은 수미의 시선을 피해 다시 한 번 그녀의 겉모습을 훑어 내리며 보았다. 아이처럼 살짝 튀어나온 이마, 엷은 속 쌍꺼풀에 조금 처진 눈매, 복숭아처럼 하얗고 통통한 뺨에 핑크빛 립글로스가 잘 어울리는 얇은 입술, 연신 긴장감에 파르르 떨고 있는 심약한 손끝까지. 아무리 봐도 이 사람에게 그런 건 불가능해 보였다. 어린아이 팔을 비틀기는커녕 새끼 고양이 꼬리 하나 못 잡아당길 것 같은 인상이었다. 이런 여자가 그런 엄청난 짓을 했다고? 그리고 앞으로 또 뭘 하겠다고?

"도와줘요, 제발. 제가 다 할게요. 그럼 옆에만 있어줘요."

수미는 연신 민정을 조르듯 간청했다.

"미치겠네, 정말. 아니 뭘 할 건데, 뭘. 뭘 하는데 옆에만 있어줘. 다른 친구들은 없어? 혹시 술친구들이라도. 그래 그중에 힘 센 남자들. 그 사람들이 더 도움이 될 거 같은데."

"말에도 힘이 있대요. 언령(言靈)이라고. 들어본 적 있어요? 우리가 나눴던 말들이, 지금 우리 주변을 둘러싸고 있어요. 민정 씨가 이 시간에 여기 내가 부른다고 왜 나왔겠어요? 그 말들이, 언니를 여기까지 불러낸 거예요."

수미의 순한 인상 때문에 더 강조되는지, 그 눈빛이 더욱 강렬해지더니 이내 컵라면이라도 펄펄 끓여버릴 것처럼 열기를 내뿜기 시작했다. 그 열기 때문에 민정도 어쩔 수 없이 떠올릴 수밖에 없었다. 그동안 그들이 나눈 말들, 휴대폰 안에서 오간 족히 전화번호부 한 권은 될 말들. 언령, 언령…. 수미의 눈빛에 홀린 것인지, 신들린 듯 눈빛으로 말하는 그녀의 목소리에 설득된 것인지. 만약 그런 게 있다면 벌써 민정이 무릎까지는 발을 담그고 말았다는 사실을 수미는 깨달았던 것이다. 민정은 각오를 다지듯 입술을 깨물었다.

"카드 한도 좀 돼?

"네? 네, 어느 정도는….."

"잘됐네. 텐트 사자."

"텐트요?"

마침, 매달 통장에 꽂히는 월급의 숫자로밖에는 자신의 사내다움을 증명하지 못해 부루퉁한 남자들이 석쇠에 고기를 구우며, 매머드를 잡아오던 원시인의 수컷스러움을 흉내 내기 좋아하는 계절이었다. 민정은 수미를 레저 코너로 잡아끌었다.

"캠핑 철이잖아. 월차 좀 남아 있나? 긴 캠핑이 될 거야."

텐트와 삽 따위를 고르면서, 민정은 그날의 '카톡'을 생각했다. 왜 지금 내가 이 여자와 '캠핑'을 떠나야 하는지, 그리고 어쩌자고 모든 원인, 혹은 화근이 된 그 메시지 한 통을 보냈는지.

"우리를 안 믿어줄 거야. 우리는 여자니깐…."
"내 말 들어봐. 우리는 잡히지 말자, 계속 가는 거야."

〈텔마와 루이스〉 중에서

처음으로 하는
마지막 고백

―――――――――――――――― 2월 20일 ――――――――――――――――

 수미

읽고 삭제해도 좋고 읽지 않아도 상관없어. 한 번쯤 얘기하고 싶었는데 그러지 못했어. 나는 두려웠어. 더 나빠지거나 돌이킬 수 없어질까봐. 그 흔한 생일 카드도 한 번 주지 못 했던 건 무엇을 써도 다 고백 같았기 때문이야.

생일 축하한다고, 태어나줘서 고맙다고, 흔히 하듯 써도 그 옆에 오빠 이름을 쓰면 바로 고백이 되어버리는 것 같았어.

이미 알고 있겠지만, 나는 오빠를 정말 많이 좋아했어. 스무 살 처음 그때부터 9년을 가득 채운 지금까지, 하루도 좋아하지 않은 날이 없었어.

나는 이토록 누군가를 맹렬하게 사랑해본 적이 없어서 몸과 마음이 서둘러 마구 달려 나가는 걸 막을 수 없었어. 어떻게 되든 상관없다고 생각했어.

오전 02:40

아무것도 바라지 않고 좋아하고 있다고 생각했지만 아니었나봐. 그렇잖아. 마음이 하는 일이 어쩔 수 없는 걸.

애초부터 오빠 마음은 아니라는 걸 받아들였어야 했는데 애써 모르는 척 계속 좋아했던 내 잘못이야.

행복하길 바라. 진심이야. 인생을 걸고 지키고 싶고, 처음으로 결혼하고 싶은 여자라고. 그런 말을 들었을 때는 죽고 싶었어. 어쩌면 오늘이나 내일 죽어버릴지도 모르지.

그렇지만 그건 내가 견뎌내야 하는 나의 일일 뿐. 누구도 누구를 책임질 수 없고 그럴 필요도 없는데 내가 무리했던 거 같아.

오전 02:43

수미

오빠는 오빠의 인생을 살고, 나는 나로서 살아갈게. 이 다짐을 왜 오빠에게 하느냐고 할 수도 있겠지만, 나에게는 꼭 필요했어.

나는 이만 물러날게. 할 수 있는 만큼 다 사랑했어. 처음으로 하는 이 고백이 마지막 인사야. 오빠가 지키고 싶은 사람들을 지키면서, 잘 먹고 잘 살아.

오빠는 회사 그만두지 말고 편히 보자고 내게 말했지만, 나는 그만둘 거야. 여기서 마침표를 찍고, 좀 떠나볼래. 나는 일상을 유지하면서 인생을 바꾸는 방법은 모르겠어.

그 여자를 얻는 대신, 나를 기회비용이라고 생각해. 몇 년을 함께 해온 동료가 바뀌면 당분간은 불편하겠지. 하지만 곧 또 좋은 동료가 채워질 거고, 모두 자기 자리를 찾을 거야.

그게 조금 마음 아파. 나는 단지 대체될 수 있는 직장 동료의 입장이라는 사실이.

오전 02:44

 수미

오빠는 내 이십 대의 전부였어. 나는 어제까지 내내 스무 살로 살다가 하루 만에 갑자기 스물아홉 살 마지막 날에 와 있는 기분이 들어. 피곤하다.

아프지 말고 건강하길 바랄게. 조금 지나서, 가끔씩 안부를 물을 수 있는 사이가 되자. 내가 살고 싶은 것은 먼지처럼 가벼워지는 것.

말하기 전까지는 두려웠는데 막상 하고 보니 속이 시원하다는 생각이 들어. 하길 잘한 것 같아.

시간이 늦어서 술 먹고 하는 이야기라고 생각할 거 같다. 그건 어떻게 생각하든 상관없지만, 그래도 내 마음을 함부로 가볍게 넘기진 말았으면, 이제 해치웠다고 생각하지 말았으면 하고 바라지만… 그것 또한 내 몫은 아니겠지. 그럼 안녕.

오전 03:11

민정

사실 처음엔 당신 말대로 하려고 했어요. 이 카톡을 읽지 않거나 삭제하는 것 말이에요. 하지만 안녕하세요, 전 오지랖이 지나친 인간이랍니다.

오지랖의 원인 중 하나는 불면증 때문일 거예요. 지난 8년 동안 수면제 없이 잠든 날은 손에 꼽는데, 그날들은 죄다 술에 취해 기절한 날들이죠.

쓸데없는 말이 많았네요. 어쨌든 당신의 카톡이 왔던 새벽에, 회사 동료들과 별 재미있을 것 없는 술자리에 무료하게 앉아 있었어요.

아 이 사람이 카톡을 잘못 보냈구나, 아마 내가 최근에 전화번호를 바꿨으니까 이 번호를 쓰던 남자한테 보냈나보다, 했어요.

오전 03:32

민정

어차피 부장님의 계속되는 왕년 이야기도 재미없고 해서, 조금 고민하다가 처음 '프사'란 걸 올렸어요. 저는 그 남자가 아니라 다른 사람입니다! 하고 알리려던 건데 어쩌면 그 남자의 새로운 여자로 오해해서 당신이 더 우울해할지도 모른다는 걱정이 들더군요.

오전 03:33

민정

부랴부랴 프사를 지우고 아무렇게나 적어놨던 카톡 대화명도 제 이름으로 바꿨어요. 그래도 영 안심이 안 되고… 묘하게 신경이 쓰여 답톡을 보냅니다.

김빠진 맥주를 마시면서 읽는데 당신이 그 남자를 얼마나 사랑하는지 느낄 수 있었어요. 저는 언제 사랑을 해봤는지 기억이 안 나서 어떤 게 사랑이라고 말할 수는 없지만 당신의 호소들에서 애절함이 느껴지더군요.

그래서 당신이 보낸 카톡 메시지 옆의 1자가 없어졌다고 해서 그 남자가 읽은 건 아니라는 것은 꼭 알려줘야 할 것 같았어요.

오전 03:35

민정

그 남자는 당신의 애절한 메시지를 읽지 못했어요. 그걸 읽은 건, 저 김민정이랍니다.

스무 살 때부터 그 남자를 9년이나 짝사랑했다고 한 걸 보니, 당신은 아직 이십 대겠지요.

저는 몇 년 전에 이십 대를 보냈고, 누군가를 9년이나 짝사랑하는 건 꿈도 꾸지 못하는 삼십 대 여성이랍니다. 초반이랄까 중반이랄까, 애매한 나이예요. 충분히 어른이 되었어야 하지만 아는 게 없는.

각종 삽질들을 졸업을 못한 나머지 당신이 어쩐지 남 같지가 않아서 알려줘야 한다고 생각했다면 불쾌해할까요.

오전 04:20

민정

이제는 용건을 다 말했으니 저도 당신과 똑같은 말을
해보죠. 그냥 심심풀이라고 불쾌하게 여겨지면 답을
하지 않아도 좋아요. 읽지 않거나 그냥 삭제해도 좋
아요.

도대체 그 남자를 왜 그렇게 사랑하죠?

아니, 사랑했죠?

오전 04:22

민정

가만, 앞으로도 사랑할 게 뻔히 보이는데요.

오전 04:26

민정

너무 떠들었군요. 이건 늘 저의 단점이죠. 죄송합니
다. 익명의 참견꾼으로부터.

오전 04:28

마음이 주저앉아

─────────────── 2월 26일 ───────────────

수미

보내주신 답장은 몇 번에 걸쳐 다시 읽었습니다.

오후 09:02

수미

고마워요. 보낸 메시지의 숫자 1이 지워졌고, 그건
받은 사람이 메시지를 확인했다는 표시인데 아무런
대답이 없어서 전전긍긍하며 혼자 며칠 술을 마셨습
니다.

오후 09:04

수미

이럴 때는 혼자 마셔요. 더 깊이 외로워지죠. 언제든,
누구에게든, 다 말할 수는 없잖아요. 말할수록 수치
심 한가운데에 빠지고 말아요.

매번 느끼지만 수치심은 슬픔보다 힘이 더 셉니다.
항상 이겨요. 물론 제 경우에요.

오후 09:08

수미

당신에게 메시지를 보내고 며칠 지나서야 알게 되었어요. 그가 이미 몇 달 전에 번호를 바꿨다는 사실 말이에요. 계속 같은 회사에서 근무하고 있었는데도 몰랐어요.

물리적으로 마음이 한 번, 세게 주저앉는 걸 느꼈습니다. 마음이 헬륨풍선처럼 몸 안 어딘가에 기생해 있었던 거예요.

오후 09:11

수미

왜 평소에 자주 쓰던 말들이 새삼 생경하게 다가올 때 있잖아요. 마음이 무너진다는 말은 이런 말이었구나, 하면서요.

그동안 내가 알았던 마음이 무너졌던 일들은 사실은 실제로 마음이 무너진 건 아니었다는 걸 겪고 나서 알게 되었어요. 마음이 무너질 때는 실제로 정말 마음이 주저앉는다는 것을요.

그에게는 아무 말도 하지 못했습니다. 단지 몇 초쯤, 잠시 그의 눈을 빤히 봤어요. 눈이 보고 싶었던 건 아니었고, 당황해서 시선이 멈춘 곳이 거기였습니다.

그의 눈빛에는 전혀 거리낌이 없어서, 저는 크게 상처받았거든요. 두려울 정도로, 거리낌 없는 눈빛이었어요.

마치, 왜? 할 말 있어? 같은.

오후 09:14

수미

당신에게 잘못 보냈던 메시지에 썼던 말들은 모두 진심이었어요. 그가 정말 잘 먹고 잘 살길 바라요.

그 사람 처음 만났던 건 아르바이트를 처음 시작했던 회사였어요. 처음에는 자꾸 장난만 치는 그가 싫었어요.

하지만 그 다정한 말투는 정말 특별했죠. 딱히 할 말도 없으면서 퇴근 뒤에 매일같이 전화해서는 한 시간쯤 혼자서 이야기하다가 끊곤 했어요.

저는 매번 그 전화를 받았어요. 받고는 가만히 듣는 역할을 했죠. 그때 이미 저는 그에게 반했던 걸까요?

오후 09:28

수미

왜 자꾸 전화하세요?
왜 하면 안 돼요?

이 대화였어요. 내가 그를 좋아한다고 확신했던 순간. 대답을 듣는 순간 가슴이 뛰었거든요. 그 뒤로 저는 그와 연애하게 될 줄 알았어요.

하지만 그렇게 되지 않았어요. 그건 아마 제가 그를

너무 많이 좋아하게 된 걸 그가 알았던 탓도 있고, 고백도 하기 전에 섹스하게 되어버린 탓도 있겠죠. 저는 앞의 이유가 더 큰 것 같아요.

오후 10:05

수미

이미 나를 너무 많이 좋아하는 사람과 사귀지 않아도 섹스할 수 있는데, 그사이 남자의 마음이 거짓말처럼 빠르게 식어버렸다면 관계가 어떻게 유지될 수 있겠어요.

우리 관계는 어떤 관계인지 어느 쪽에서도 궁금해하지 않는 것으로 유지되었습니다.

저는 그렇게라도 그를 계속 보고 싶었어요. 이야기하고 술 마시고 섹스도 하고요.

오후 10:20

수미

낮에 만나 영화를 본다거나 여행을 간다거나 카페에 앉아 커피를 마시며 대화하는 게 본격 데이트여서 그가 싫다면, 저는 그런 건 다 혼자 해도 상관없었어요.

그렇게 하루하루 버티듯 시간이 흐르는 동안 저는 대학을 졸업하고, 그와 가까이 있고 싶어서 아르바이트하던 회사에 전공과는 상관없이 입사했어요.

암묵적으로 섹스만 하는 관계도 아슬아슬하게 흘렀죠. 이렇게 금세 세월이 쌓여버렸어요. 처음부터 9년치의 인연인지, 사랑인지 눈치챌 수도 없었어요.

사실 그런 걸 재고 생각할 겨를이 어디 있나요. 마음은 계속 커지고 급히 달려가버리기 일쑤인데.

오후 10:36

수미

근데 참 우습죠. 그렇게 그를 계속 보고 싶은 마음에 다니기 시작한 회사에서 이젠 팀장으로 일하고 있어요. 저는 단지 무엇이든 그만두는 게 안 되는 사람인 걸까요?

오늘 그는 새로 생긴 여자 친구가 만들어줬다는 과자를 회사 직원들과 나눠 먹었어요. 저는 어제 마신 소주 두 병 탓에 속이 좋지 않아 먹을 수 없었습니다.

오후 10:38

―――――――― 2월 27일 ――――――――

민정

어차피 실례되는 답장부터 시작했으니까 실례되는 질문 좀 할게요.

오전 01:12

민정

아니, 너무 실례되는 것 같아서 안 하는 게 좋을 것 같기도 하네요.

오전 01:14

민정

근데 아시다시피 제가 잠도 못 자고, 궁금하니까 더 못 자고 그러네요.

오전 01:42

민정

에라 모르겠다! 어차피 카톡의 장점이라는 건 톡창에서 1이라는 숫자가 사라지고 한참, 혹은 하루가 지나고 이틀, 사흘, 일주일이 지나더라도 대답이 없다면 그건 상대가 대답하기 싫은 질문이라는 뜻이니까 그냥 할래요.

오전 02:17

민정

매우 실례되는 질문이고 면전에서 물어봤다면 따귀를 한 대 맞을 만하고… 그러니까 따귀권 1회를 미리 한 장 발급해드리고 시작할게요. 당신 어디 혹시 큰 문제나… 사람들이 흔히 결함으로 취급하는 그런 게 있어요? 왜 그러니까…

아니, 아니, 노 오펜스, 나쁜 뜻으로 듣지 마세요. 어떤 회사인지 모르지만 젊은 나이에 팀장까지 하고 있을 정도면 분명 멀쩡한 사람이잖아요!

오전 02:20

민정

어디 불법 추심업체, 모두가 팀장이라고 불리는, 급전 필요하신가요 김미영 팀장입니다, 하는 그런 곳이라면 모를까. 그건 아닌 것 같은데… 아니면 추심업자가 매일 쫓아올 만큼 빚이 한 11억 정도에 신용불량자라든가… 격심한 신체장애가 있다든가…

오전 02:23

민정

혹시 에이즈 감염자라든가…
끔찍한 수포, 성병 같은 거라도?

오전 02:24

37

실례되는 말 잔뜩 해서 미안해요! 정말 미안해요! 아니 이렇게 심한 말들을 하다니! 아예 태어나서 미안해요! 근데 당신 진짜 까놓고 어디 모자라요? 어떤 사람이에요?

당신의 카톡 말투만 봐도 어느 정도 교양을 갖춘, 적어도 나처럼 무례한 참견꾼보다는 훨씬 괜찮은 사람처럼 느껴지거든요. 술을 마신다 하더라도 나처럼 깽판을 놓고야 마는 사람보다는 가성비 괜찮은 와인을 홀짝거릴 현대적인 커리어 우먼처럼 보인다구요.

게다가 내 느낌에 같은 회사 다니면서 전화번호를 바꿔버렸다는 그 남자는, 대한민국 남자를 0에서 10까지로 놓는다면, 결혼 정보 업체 점수 기준으로 잘 봐줘봐야 4.7 정도밖에 안 될 것 같은데.

오전 02:27

메시지로는 당신의 분위기 정도밖에 알 수 없지만, 그래도 대강 판단할 수가 있다고요.

여자 나이 서른은 그냥 넘기는 게 아니니까. 하긴 요즘 나이 서른은 옛날 스무 살 같은 느낌이긴 하지만 말이에요. 여전히 아무것도 모르는 채로 내팽개쳐져 있는데, 또 하루 멀어져간다고 어른이 된 척하면서 노래해야 하니까. 그렇다고 이십 대가 부럽진 않지만요.

미안해요, 심한 말에 이어 횡설수설이네요. 20시간

38

이상 잠을 못 자면 횡설수설하게 돼요. 내가 회사에서 경력에 비해 돈을 적게 받는 것도, 이렇게 빙빙 도는 상태에서 발휘할 유능함이 없기 때문이죠. 싼값에 대강 부려먹으려는 사람들에게 싼값에 대강 일할 수 있는, 내가 가는 거예요.

오전 02:30

민정

어쨌거나 내 말은, 보기에 적어도 그 오빠라는 녀석에게 그런 취급을 받지는 않을 만큼 멀쩡한 여자란 말이에요. 내 말이 틀린가요? 난 지금 그걸 확인하고 싶어서 미칠 지경이에요.

빨리 말해봐요. 어디가 부족한 건가요? 한 7년째 백수예요?

아참, 그 사람 때문에 일을 시작했다니 백수는 아니겠죠. 시한부 인생인가요? 희귀병 환자인가요?

오전 02:33

민정

매독?

그래서 그 사람에게 옮긴 거예요?

오전 02:34

민정

사면발이?

오전 02:35

39

민정

대학 학자금 상환하려고 노래방 도우미를 했다거나
해서 약점을 잡혀서?

아니면 소녀가장?

오전 02:37

민정

난동만 부리며 폭력을 쓰다가 그대로 행방불명된 아버
지가 기초 생활 수급자 신청을 했는데 난데없이 당신
이 돈을 버니 부양하라고 가차 없이 통지가 날아오는?

오전 02:40

민정

참, 그리고 당신 이야기는 그러니까 소위 '낮에' 하는
데이트는 하나도 안 해봤다는 얘기예요?

오전 02:42

민정

다시 가족 이야기로 돌아가면, 사업해보겠다고 일단
차가 있어야 한다며 리스부터 할 테니 당신에게 돈을
내놓으라고, 아니면 대출이라도 받아달라고, 제2금
융권도 요즘은 괜찮고 믿을 만하다며 산와머니 같은
데 전화하면 된다고 칭얼대는 오빠가 있고?

오전 02:44

민정

밑에는 착실하지만 요즘 자기만 스마트폰이 없다고
따를 당하는 고등학생 동생이 있어서 학원비를 내줘
야 하든가 여중생인 동생이 일진이라 사고를 친 합의

금을 갚아주기도 해야 하고, 어머니는 말 그대로 갈 대처럼 연약해서 아무런 도움이 안 되는?

오전 02:46

민정

한두 번 정도 결혼했다 이혼해서 애를 셋 정도 기르고 있나요?

아니면 친권과 양육권을 모두 저쪽에 빼앗겨서 매일 울며 지낸다거나…

오전 02:47

민정

난 원래도 잘 돌아가는 머리는 아니지만 불면증이 심할 때는 더더욱 머리가 안 돌아가죠. 그 머리로 생각해본 모든 경우의 수가 이건데, 당신이 어떤 사람인지 말해주고 싶지 않다면 최소한 이 중에 하나라도 해당되는지 아닌지라도 말해줘요. 제발!

오전 02:48

민정

그리고 이왕 카톡을 몇십 개나 보낸 김에 다시 한 번 묻자면, 당신은 아직 그 사람을 왜 사랑하는지, 왜 그렇게 사랑하는지 대답해주지 않았어요.

그리고… 그 잘난 인간은 도대체 왜 사랑하지 않은 거죠? 9년 중 한 달이라도 사랑하는 척은 할 수 있었을 텐데.

오전 02:50

그녀가 부탁한 건가요?

그녀가 그렇게 해달라고 했나요?

그녀가 그랬다면
당신에게 두 번이나 부탁했나 보죠?

Hole, 〈Asking for it〉 중에서

보고 싶다고 말하지 못하고
개새끼, 라고 말하게 되는 밤

수미

구질구질하게 이야기한 것처럼 저는 내년이면 서른이 되는, 연애라고는 가슴 한편의 아름다운 장면이 없는, 이수미라는 여자입니다.

지난 며칠 위경련을 앓았어요. 그렇게 어렵고 복잡한 질문들에 대답하기에는 어려운, 두서없는 시간이었습니다. 한두 달에 한 번 정도 밤새 토하다가 혼자 응급실에 가곤 해요. 지나가는 배탈인지 아닌지를 알기 위해서는 세 시간에서 다섯 시간 정도의 물리적인 시간이 필요해요.

일단은, 참아봅니다. 1분, 2분이 지나는 것을 견뎌보는 거예요. 시간이 어쩌면 그렇게 견고하게 나를 지나쳐가는지, 시간을 발견한 자는 누구인가. 이 절대적이면서 절대로 절대적이지 않은 간격을 생각해낸 사람은 어떤 치명적인 사건을 지나면서 영감을 얻은 게 아닐까요. 참아지지 않는 고통의 시간을 총량으로 알기 위해서요.

오후 11:55

수미

고통을 환산하며 어떤 식으로든 해석과 위안을 얻기 위해서 시작된 것은 아닐까, 그런 생각들을 하며 계속해서 1분, 2분이 나를 지나쳐가요. 명치끝의 통증이 시간이 흐를수록 강도가 세져 허리를 제대로 펼 수 없고 토하는 간격이 좁아지기 시작합니다.

더 이상 게워낼 위액이 없어서 변기 앞에서 아픈 턱만 부여잡고 억지로 무언가를 더 쏟아내려고 손가락을 집어넣다 보면 어느 순간 알게 됩니다. 아, 위경련이 왔구나. 버틴다고 될 것이 아닌 놈이 와버렸구나, 하는 것을요.

그러면 지갑을 챙겨 택시를 타고, 단골 응급실에 도착해 환자 접수를 합니다. 의사와 간호사 서너 명이 간이침대에 걸터앉은 나를 둘러싸고 혈압과 체온을 재고 증상을 체크하고 소변검사와 피검사, 엑스레이 촬영 등을 설명하며 언제부터 몇 번에 걸쳐 구토를 했는지 따위를 물어봅니다.

오후 11:58

수미

대답하면서 늘 생각해요. 애초에 올 것을 왜 기다렸다가 몇 시간이 지나서야 병원에 올 결정을 내리게 되는 것인지요.

오후 11:59

―――――――――――― 3월 4일 ――――――――――――

수미

왜 더 아파서야 가야 한다고 생각할까, 나는 왜 바로 판단하지 못 했을까. 왜 조금만 더 있으면, 한두 시간 정도만 있어보면 갑자기 조금씩 좋아질지도 모른다는 기대를 하게 되는 걸까요.

벌써 이렇게 세 시간이나 버텼는데 조금만 더 있으면 나아질 걸 내가 너무 아무것도 아닌 일로 응급실을 찾는 것은 아닐까, 나는 아직 응급실에 갈 자격이 아닌 것은 아닐까, 그런 고민을 왜 하게 되는 걸까요. 충분히 아픈 게 아닐지도 모른다는 의심을, 아픈 와중에 하게 되는 건 왜일까요.

10만큼 아픈 게 아닌데 10으로 착각하고 있는 것은 아닐까, 하며 화장실의 차가운 타일에 등을 대고 누워 심호흡을 깊게 해봐요. 나는 사실 5나 6만큼 아픈데 자꾸 너무 많이 아프다고 생각하니 10만큼 아픈 거라고 착각하고 있는 것은 아닐까, 나는 지금 조금 아파, 잠깐 다른 생각을 해보자, 아프다는 생각 말고 다른 생각에 집중해보자, 하는 생각으로 나를 타일러봐요.

의심과 확신과 버팀은 어느 것 하나 만만하지 않아요. 다만 내게 택시를 잡아 탈 수 있는 힘과 택시비와 응급실에 지불할 수 있는 10만 원에서 15만 원 남짓 되는 돈이 있어서 다행이었어요.

오전 00:01

48

수미

혼자서 응급실에 갈 수 있게 된 것은 아마 아르바이트비를 받을 수 있게 된 대학생 때부터였던 걸로 기억해요. 지금처럼 혼자 살고 있지 않았을 때는 식구들이 깰까봐 살그머니 문을 열고 병원에 다녀오곤 했어요.

저는 제가 자꾸만 아픈 게 참 불편했어요. 유년 시절에도 한두 달에 한 번씩은 꼭 위경련이 찾아왔어요. 그러니까 말하자면, 꼭 술을 많이 마셔서 그런 게 아니에요. 식구들이 깰까봐 밤새 숨죽여 구토를 했어요. 문득 잠에서 깬 엄마가 매실청을 먹이고, 손을 따보고, 그냥 자라고도 해보고, 그러다 결국 응급실에 데려가곤 했어요.

오전 00:03

수미

엄마는 항상 아픈 저보다 다섯 걸음 정도 앞서 걸었어요. 좀 더 빨리 오지 못하냐며 엉거주춤 걷고 있는 나를 돌아보며 채근하곤 했어요. 방금 택시가 그냥 지나갔다며, 새벽이라 택시가 별로 없다며. 엄마는 항상 바쁘거나 조급했죠.

지금 생각해보면 삼십 대는 그런 나이 같아요. 책임질 것들이 늘어나고, 할 일이 많고, 자연스레 바빠요. 제가 스물아홉이 되어보니, 삼십 대의 엄마가 왜 그렇게도 매일 바쁘고 피곤했는지 알 것도 같아요.

아빠는, 예를 들어 이런 사람이었습니다. 열한 살쯤되었을까. 제가 잠들어 있는 6인 입원실에 밤늦게

찾아와서는 술 냄새를 풀풀 풍기며 소리를 지르곤
했죠.

 수미

차라리 죽어버려, 아프지 말고 죽어버리라고! 어디서
병신 같은 년이 병원비를 말이야!

위암도 아니고 위경련으로 사람이 죽을 수는 없는데
안 되는 걸 어떻게 하면 좋아요. 그렇죠? 친부는 마
음에 자꾸만 화가 담겨서 포효하는 괴물이었어요. 담
이라고 말하는데 담이라고 알아들을 수 없는 사람,
혹은 담이라고 말할 수 없는 사람, 담을 받아들일 수
없는 사람.

밤늦게 책상에 앉아 스탠드만 켜두고 책을 읽고 있으
면 술 먹고 들어온 친부가 제 이름을 불렀어요. 그가
하는 말을 알아들을 수 없거나 알아듣기 싫은 제가
대답하지 않고 계속해서 책을 읽고 있으면, 그는 방
안으로 들어왔죠.

좆 같은 년이라고 침을 튀기며 계속 따귀를 때렸어
요. 그러면 저는 팔에 너무 큰 침방울이 떨어진 게 불
편해서 참기 힘들었던 기억이 나요. 여름이라 창문이
활짝 열려 있었고, 이본의 라디오 방송이 흘러나오고
있었고, 다음 날 1층에 사는 태양 문방구 할아버지를
마주치면, 밤새 음악을 들었느냐고 물어보셨죠.

수미

사실은 바로 위층에서 들려오는 좆 같은 년이라는 포효와 따귀 소리가 더 컸을 텐데.

오전 00:11

수미

응급실에서 긴 새벽 통증과 싸운 몸이 진통제와 뒤엉켜 노곤한 잠에 빠지려고 할 때, 의사의 작은 중얼거림을 들었어요.

새벽에 혼자 택시를 타고 응급실에 오는 여자가 있네, 하고요.

오전 00:13

수미

누군가가 내 얘기를 들어주고 있다고 생각하니 자꾸 말하고 싶어져요.

잠옷 바람으로 앉아 오늘 있었던 이야기를 하염없이 들어주는 언니 같아요.

오전 00:30

수미

병원 침대에 누워 잠시 꿈을 꿨는데, 집으로 손님 둘이 찾아왔어요. 그들의 얼굴은 보이지 않고, 얌전히 모아 앉은 다리와 등이 보여요. 거실 테이블을 앞에 두고 앉아 있었어요. 그들은 내게 많은 말을 하려 했고, 저는 과일을 쟁반에 받쳐 왔죠. 깎아주려고요.

과일을 깎아주려는데, 식은땀이 흐르고 손이 자꾸만

떨려요. 유리 테이블 아래 고양이 시체가 있어서예요. 과일 쟁반으로 자꾸 가리려는데 고양이 발이 자꾸만 삐져나와요. 바로 보기가 두려워 나는 계속 쟁반의 위치를 고치는데 그게 화근이었는지 고양이가 다시 움직이다 나를 원망하기 시작해요. 왜 나를 보이게 하느냐고. 왜 나에게 부끄러움을 주느냐고. 단지 과일을 깎아야 했는데 말이에요. 그런 일이 생겨버린 거예요.

꿈에서 깨서 링거 두 병을 다 맞았을 때, 의사가 말했어요. 엑스레이와 소변 검사, 피 검사 결과는 좋습니다. 특별한 문제는 없어요. 낮에 내과에 와서 과장님을 만나보세요. 계속 응급실에 온다고 치료가 되는 게 아니에요.

오전 01:04

수미

그 사람 미워하는 거 너무 힘든데 계속 미워해본 적 있어요?

오전 01:06

수미

저는 눈치를 굉장히 많이 봐요. 사람들이 언제 화를 낼지 모르니 언제나 조심하려고 해요. 화를 내지 않았으면 해서, 소리 지르지 말았으면 해서요.

오전 01:20

수미

비좁은 단칸방에서, 아빠는 쉬는 날이면 텔레비전 앞에 베개를 반으로 접어 베고 누웠어요. 전국노래자랑이나 동물의 왕국 같은 프로그램만 골라서 봤어요.

그 옆에서 동생과 저는 미미의 부엌놀이를 가지고 놀았어요. 미미 인형은 하나뿐이어서 우리는 자주 싸웠어요. 한 명은 반드시 털이 복슬복슬한 강아지 인형을 맡아야 했거든요.

우리는 그날도 싸웠어요. 서로 자신이 몇 번이나 강아지 인형을 맡았는지, 얼마나 서로에게 미미 인형을 양보했는지 세어 말해야만 했어요. 텔레비전 볼륨보다 작게 하려고 애써 소곤거리며 말했는데, 아빠가 갑자기 욕을 하며 일어났죠.

안타깝게도 엄마는 집에 없었어요. 아빠는 망치를 들고 플라스틱으로 만들어진 미미의 부엌 놀이를 부수기 시작했죠.

오전 01:24

 수미

우리는 재빨리 작은 몸을 문 뒤로 숨겼어요. 몸을 최대한 벽에 붙이고 조각조각 부서지는 미미의 부엌 놀이를 슬프게 바라보고 있을 때, 발끝으로 냉장고가 굴러왔어요!

냉장고 안에 치킨, 콜라, 통조림, 식용유 같은 것들이 아주 작은 모형으로 담겨 있는 장난감이었어요. 그 앙증맞은 크기의 냉장고를 저는 정말 좋아했어요. 장난감에게 모성애를 느낄 수 있다면 미미 인형보다 그 냉장고에게 더 큰 모성애를 느꼈죠.

몸을 살짝 구부려 냉장고를 집었어요. 그리고 티셔츠 안에 냉장고를 감췄죠.

배가 불룩하게 나왔어요. 뒤에 서 있던 동생과 눈이 마주쳤을 때, 입모양으로만 하나, 두울, 세엣! 하고 수를 셌죠. 도망치자고요.

오전 01:30

수미

우리는 목구멍으로 튀어나올 것만 같은 심장을 겨우 삼키며 달렸어요. 2층 계단을 내려올 때까지는 손을 잡고, 초록색 대문을 지나서는 손을 놓고, 눈도 질끈 감고 뛰었어요. 바로 뒤에서 아빠가 머리채를 잡을 것만 같았어요.

그대로 옆 동네에 사는 큰 이모 집까지 멈추지 않았 어요. 모골이 송연한 느낌에 똥꼬에 힘을 바짝 주고, 고개를 좌우로 도리질치며 달렸는데 갑자기 웃음이 터졌어요.

다급하게 문을 두드리고는 문을 열어준 사촌언니들 에게 숨을 헐떡이며 말했어요.

아빠가, 미미의, 부엌 놀이를, 망치로, 부수고 있어! 그런데 이건 살렸어! 이게 제일 좋은 거잖아!

오전 01:36

수미

혹시 효도해본 기억 있어요? 저는 어렸을 때, 착하

게 살려고 노력 많이 했어요. 유치원에 다니고, 졸업해서 초등학생이 되던 때 말이에요.

착하게 살아야지, 규칙을 잘 지키며 살아야지, 여러 번 결심하며 살았던 게 기억나요. 골목에 껌 종이를 버리는 것도 삐뚤어지기로 결심한 날 처음 해봤어요.

아무도 없는 골목이었는데 껌 종이를 버리고 돌아서 몇 걸음 못 걸었을 때, 잠시 머뭇거리다가 다시 돌아가 주워왔어요.

주워서 하늘에 대고 보여주고, 거리에 주차된 차들에게 괜히 한 번 쭉 보여주고는 다시 주머니에 넣어 집으로 돌아왔어요. 다 보고 있는 것 같았거든요.

오전 01:40

수미

자동차 뒤꽁무니 라이트 둘이, 두 눈을 번쩍 뜨며 네가 버리는 걸 다 봤다고 화내는 것 같았어요. 다음번에는 걸으면서 최대한 자연스럽게 껌 종이를 버릴 수 있도록, 아무도 눈치챌 수 없는 재빠른 손동작을 연습해보곤 했어요. 그런데 그게 끝이 없더라구요.

아무도 나를 볼 수 없는 곳은 없다는 걸 그때 알았어요. 어디서든 내가 보여요. 길가 2층 빌라 베란다, 쓰레기통 옆에 있던 고양이, 혹은 어딘가 비추고 있을 몰래카메라 같은 것들. 〈이경규가 간다〉 같은 프로그램에서 모범 시민을 찾곤 했죠.

저는 그런 어른이 되고 싶었어요. 아무도 없는 새벽에도 횡단보도 정지선을 잘 지키는 사람이요.

오전 01:45

수미

몇 번은 효도를 해야 할 것 같아서 노력도 해봤어요. 엄마와 친부의 다리를 주물러보거나, 존댓말을 갑자기 써보거나, 문안 인사를 해보거나 말이에요.

효도를 해보려고 했는데, 기분은 그냥 그랬어요. 부자연스럽고, 억지로 애쓰고 있고, 어디선가 본 걸 하고 있고.

그런 기억을 떠올려보니 내가 그 사람 사랑했던 거, 흉내 내는 게 아니라 진짜를 하고 있는 건 맞는 것 같아요.

그게 뭐가 됐든.

오전 01:49

수미

친부는 내게 오랜 시간 기분부전의 기조로 작용해왔어요. 나는 그가 내 유년의 바탕을 송두리째 망가뜨렸다는 사실을 의심하지 않아요. 나의 뿌리는 언제나 흔들리죠.

어쩌면 나는 뿌리 없는 사람, 늘 흔들리기에 특별히 흔들리지 않는 사람, 새삼스럽게 불행해지지 않는 사람. 아빠가 언니 되게 싫어했잖아, 며칠 전 문득 그런 말을 들었는데 아무 울림 없이 귀찮았어요.

이제는 그때의 수많은 기억과 감정에 일일이 맞설 수가 없어요. 너무도 귀찮아진 거예요. 막막한 그 얼굴과 유난스럽던 행태들이 이제는 더 이상 특별하지가 않아요. 특별한 화, 특별한 분노, 특별한 저주나 절망이 아닌 게 되었어요.

오전 01:52

수미

이렇게 귀찮아지기까지 너무 많은 시간 시달린 것 같아 허탈해요. 허탈한 마음이 피로로 몰려오는 걸 느꼈죠. 너무 열심히, 그에 대해 생각해왔어요. 어쩌면 나는 나를 살지 않고 그를, 혹은 아무것도 아닌 것을 살아온 걸까. 미움이 그친 자리에는 아무것도 없는 것 같아요. 그 점이 조금 슬퍼요. 나는 역시, 잘못 산 건지.

오전 02:07

수미

아직 떠올리면 가슴에 사무치는 어떤 얼굴들, 어떤 이름들. 그들도 언젠가 오늘 그처럼 이렇게 나를 다 떠나갈까요? 나는 누군가를 강렬히 미워해볼 수 있었기 때문에, 그런 강도로 누군가를 사랑할 수 있다는 걸 몸으로 알 수 있어요.

하지만 어제는, 오늘은, 그리고 당분간은. 이렇게 다 귀찮겠죠. 욕심이 너무 많아서 아무것도 가지지 못하고 오늘에 다다른 것 같아요. 나는 넘치게 나를 비하하고, 넘치게 나를 방치하고, 넘치게 집착하거나 아파한 것 같은. 유아적인 정신연령.

오전 02:11

수미

이따금씩 나는 나에게 벌어졌던 어떤 불가피한 불행을 근거해서 내가 무언가 획득했다고 착각하는지도 몰라요. 어떤 입장, 어떤 당위, 어떤 힘. 나는 아무것도 아니에요. 나는 '따위'나 '까짓 거'예요.

민정 씨는 그런 질문들은 왜 해서 갑자기 이런 초라한 마음을 들게 하나요. 그 어떤 이유에서 그가 나를 사랑하지 않았던 게 아니라는 걸 말하면서 또렷하게 깨닫게 되네요. 그 모든 게 다 저였어도 나를 사랑할 수 있다면 그렇게 했을 거예요.

단지 이게 마음의 문제라는 게 마음 아프네요. 마음이 하는 일은 어쩔 수 없는 일. 사랑에 빠지지 않은 이유에 대해서 말하자면 끝도 없잖아요. 마음이 아닌 걸 어쩌겠어요. 어떻게 해야겠어요. 아무것도 할 수 없잖아요.

제가 많이 좋아해서, 그 사람이 많이 힘들었을 거란 생각이 들어요. 저야 좋아하는 마음에서 달려갔다지만, 그렇게 억지로 쥐어줬다지만, 받는 쪽에서는 아무래도 더 힘들었겠죠. 원하지 않는 마음이니까.

오전 03:16

수미

보고 싶은 얼굴에게 연락하지 못하고 개새끼, 하고 말하게 되는 밤. 네가 나에게 이러면 안 되지, 그러다가도 내가 뭔데, 하며 주저앉아요. 에이씨, 씨발, 개새끼, 이런 단어들을 말할 때 울고 말아요. 다들 이런 심정으로 욕하는 걸까. 그렇지만 여전히 그 얼굴과 냄새와 표정이 그리워요.

미안하게도 네 생각보다 나는 훨씬 너를 크게 생각했어. 나의 청춘, 나의 평생. 가슴 아프니 이제 그만 물러나겠다고, 너의 인생에 정말 중요한 사람을 찾았으니 나 같은 걸 기회비용이라 생각하라고. 진심으로 가슴 아파하며 했던 말들이 흔들려요.

내가. 정말. 정말 어쩜 그렇게 머저리였을까. 가슴이 아파서 누구의 얼굴도 심지어 네 얼굴도 치워버리고 싶어져. 너 내가 그렇게 가슴 아프게 썼던 편지를. 얼마나 우습게 했니. 이 개새끼야.

오전 03:20

 수미

참 쉬운 이야기지만, 불안한 예감은 나를 그냥 지나쳐간 적이 없어요. 아니면 내 온 감각이 그를 향해 있는지도 몰라요. 한 달쯤 전이었을까. 문득 그런 예감이 스쳤어요. 그에게 새로운 연애가 시작되고 있을지 모르겠다는.

오전 04:19

터미널의 돈가스 정식

———————— 3월 8일 ————————

한참을 듣고만 있었네요. 며칠 카톡창을 그냥 쳐다봤어요. 그냥 가슴이 답답해서. 이런 걸 요즘 말로 '발암'이라고 하던가요.

오후 11:00

수미

맞아요. 살다가 문득 가만히 멈춰설 때, 늘 생각의 끝에 그를 향한 마음을 대롱대롱 매달고 있어요. 그와 있었던 어떤 장면들을 떠올리며 마음 아파하고 있어요.

어느 밤 골목에서 갑자기 튀어나온 고양이와 눈이 마주쳤다며 계속 그 얘기만 지껄여댔을 때, 고양이가 뭐가 무섭냐고 나를 안아줬는데. 이제 괜찮지? 하며 내 등을 두 번 이렇게 쓸었는데, 그런 식으로요.

오후 11:01

수미

이런 말 정말 답답한 소리한다고 생각하시겠지만.

그는 경기도 끝자락의 지방 도시로 몇 달간 발령이 나 그곳에서 숙식하며 일하고 있어요. 저는 일주일에 한 번씩 쉬는 날에 그를 보러 갔어요. 고속버스를 타고, 여행가는 마음으로.

오후 11:04

민정

가만히 보면 수미 씨는 촉수 같은 게 있는데 그게 다 그 남자를 향해 있는 거 같긴 해요, 아주 열렬하고 뾰족하게.

보통은 점심 뭐 먹을까 무슨 옷 살까 내년엔 이직할까 이런 데 그 촉수를 쓰는데, 수미 씨는 온통 그 사람한테만 세우고 있는 거 같아. 열녀야.

앗, 혹시 불쾌했다면 미안해요.

오후 11:05

수미

불쾌하지 않아요. 나는 누구보다 나를 생각하고, 나를 탓하고, 나를 알고 있어요.

그런데 한 달쯤 전에, 버스 터미널에서였어요.

오후 11:06

민정

당신은 무거운 벽돌을 끌고 다니는 벌같이 보여요.
버스 터미널에서 어떻게 됐죠?

오후 11:08

수미

그날도 그 전주처럼 그와 저녁을 먹기 위해 그가 있
는 도시로 가려고 했는데, 이틀째 카톡에 대답하지
않더라고요.

오후 11:10

민정

읽고 대답하지 않았단 말이죠?

오후 11:15

수미

그래서 가지 말자, 귀찮은 여자가 되지 말자, 하며 가
지 않으려고 했는데. 그 도시로 가는 막차 시간 15분
전에 갑자기 심장이 콩닥거리고 안절부절못하겠더
라구요. 왜냐하면, 너무 가고 싶어서. 가서 그냥 얼굴
만 보고 돌아오더라도 그의 얼굴이 너무 보고 싶어
서요.

저는 아무거나 입고서 바로 택시 타고 버스 터미널로
갔어요. 표를 막 급히 끊고, 버스 앞에서 그에게 전화
를 걸었어요. 받더라고요. 받자마자 다급히 바쁘다고
말하는 그에게, 더 다급하게 말했어요.

오늘! 회사 앞에서 저녁 같이 먹을까! 저녁만 먹고 올게!

오후 11:19

수미

그는 스테인리스 같은 목소리로, 그토록 차갑고 단단한 목소리로, 너무 바빠서 카톡에 답장을 보내지 못했다며, 바빠서 같이 저녁을 먹을 수 없다고, 오지 말라고 말했어요.

그는 단지 바쁘다고 했을 뿐이잖아요. 그런데 사람 많은 곳에서 전화기로 두들겨 맞은 거 같았어요. 그가 바쁘다고 하는 일이야 흔한 일이지만, 그날은 느껴졌어요.

아, 다른 여자가 생겼구나, 하는 말하지 않은 괄호의 세계 같은 것을요.

오후 11:23

수미

그리고 그런 예감은 지난 몇 년 동안 한 번도 비껴간 적이 없었어요

오후 11:24

민정

근데 그 사람 정말 바쁘다고 말할 만큼 일이 바빠요?

오후 11:26

수미

바쁘고 싶을 거예요. 바쁘다는 말 말고는 할 말이 없을지도 몰라요.

오후 11:29

민정

아 바쁘고 싶을 거다… 그 말이 정답이네요. 그래서 어떻게 됐어요? 그냥 돌아왔어요?

오후 11:31

 수미

하지만 다른 때의 바쁨과는 달리 느껴지더라고요. 이번에는 마음이 바쁜 거구나, 하는 거요.

오후 11:33

민정

뭔가 공기가 뜬 느낌? 좀 핑크색의 긴장된 그런 설렘 같은 것?

오후 11:35

 수미

맞아요! 공기가 떠 있는 것.

그날은 버스를 타지 않았어요. 갑자기 돌아봤는데 터미널 안에 있는 수많은 사람이 다 저만 보는 거 같았어요. 실제로는 그럴 리가 없을 테지만, 터미널 안의 모든 사람이 다 나를 보며 저 여자는 왜 버스에 타지 않을까, 어째서 바람을 맞은 걸까, 생각하는 것 같았어요.

그대로 터미널을 빠져나갈 수가 없어서 의자에 가만히 앉아 텔레비전을 봤어요. 그러다 주변을 두리번거리는데, 매점이며 식당이 눈에 들어오는 거예요. 엄청 맛있는 음식 냄새가 풍기고요.

터미널 식당에 들어가 돈가스를 시켜 먹었어요. 돈가스 소스와 머스터드 소스, 케첩이 다 뿌려진 뜨거운 왕돈가스와 전기밥솥에서 갓 퍼낸 뜨거운 쌀밥과 중국산 배추 김치와 양배추 샐러드.

정말 거대한 접시였는데, 포크를 드는 순간 정신없이 먹다 보니 중국산 배추 김치에 있는 무채 하나 남기지 않고 먹어 치워버렸어요.

오후 11:51

민정

맛을 느낄 수는 있었어요?

오후 11:53

──────── 3월 9일 ────────

 수미

서러운 마음이 들 때마다 이렇게 식사를 한다면, 내 위장은 얼마나 귀찮을까. 그런 생각을 했죠. 아주 뜨겁다고, 소스가 너무 시다고, 밥이 너무 많다고, 그런 맛을 느끼는 중에도, 따뜻하게 속이 채워져 가는 든 든함이 만족스러웠어요.

먼 곳까지 가는 게 귀찮아지고, 이대로 충분해서 아무도 만나고 싶지 않고, 금세 잠들어버릴 것 같은 맛. 그게 그날 터미널 돈가스의 맛이에요.

오전 00:02

민정

나도 괴로운 마음이 들 때마다 위장을 많이 괴롭히곤 했죠. 남자들은 먹고 싶을 때 그냥 먹으면 되는데 여자들 위장은 얼마나 힘들까요. 역시, 여자가 생긴 거였어요? 그때?

오전 00:09

 수미

그랬던 것 같아요. 열흘쯤 뒤에 그 남자의 프로필 사진이 바뀌었고, 어제는 드디어 그의 새로운 연애 이야기를 풍문으로 들었어요.

그 사람은 바로 지지난주에 나와 같이 섹스했어요. 불과 2주 전인데. 나와 같이 잘 때도, 그는 그녀와 연락하고 있었을까요? 내 카톡에 바빠서 대답 못 할 때, 그녀에게 사랑을 고백하고 있었을까요?

오전 00:15

민정

쉬어가는 벤치도 아닌데, 여자가 생겼다는 말도 안 하고 바쁘다고만 한다고요?

오전 00:21

수미

바쁘다고 하고, 오지 말라고 하면 난 알아들어요.

오전 00:22

수미

교만한 말이겠지만, 마음을 주고 돈을 받을 수 있다면 나는 부자가 될 거예요.

오전 00:25

민정

몸 주고 돈 벌어서 부자된 여자는 많잖아요.

오전 00:26

수미

섹스하는 것으로 돈을 벌 수 있다는 건, 뭐랄까, 사기 같아요. 부자가 될 수도 없을 거고.

오전 00:29

수미

나는 얼마든지 섹스할 수 있지만, 내가 원하지 않는 남자와는 하고 싶지 않아요.

오전 00:31

민정

주워들은 거라 확실치는 않지만, 유럽에는 장애인과
섹스해주는 일을 맡아서 하는 사람이 있대요. 국가
차원에서 장애인의 성적 복지를 고려해서 제공하는
일이라던 걸요.

오전 00:32

수미

장애인과의 섹스가 직업이라고요?

오전 00:33

민정

아주 많은 돈을 갖지 않은 이상 섹스를 하기가 어려
우니까, 나라에서 그런 복지를 제공한다나 봐요.

뭐 저도 주워들은 이야기지만. 참 자상한 나라라고
생각하지 않아요?

오전 00:35

수미

듣고 보니 제가 한순간 섹스를 어떤 무기로 생각한
것 같아서 부끄럽네요. 나와 섹스했으니 나와 어떤
동맹을 맺은 것도, 나를 꼭 사랑해야 하는 것도 아닌
데. 나는 이미 그걸 알고 있었는데.

오전 00:38

민정

어쨌든 저는 그런 생각을 하곤 해요. 별로 하고 싶지

않았던 섹스를 하고 나면, 젠장 이게 직업이면 돈이나 벌지, 하고 나를 향한 차가운 생각이 들죠. 허탈하고, 조금 비열한 생각이.

오전 00:42

수미

우리와의 섹스 말이에요. 돈을 받지 않아서, 더 쉬워진 건가?

오전 00:45

민정

설마요! 돈을 받으면 남자들이 더 당당하게 굴었겠죠. 돈 냈으니까 이제 내 마음대로라고. 돈 안 낼 때도 제멋대로인데.

돈을 내면 얼마나 더 제멋대로들 하겠어요? 본전을 뽑으려고 환장을 할걸요? 상상만 해도 끔찍하네요.

오전 00:48

수미

그렇다면 그것으로 돈을 버는 여자들은… 돈을 많이 벌어야 할 것 같아요!

오전 00:50

민정

나도요. 성매매합법화네 불법이네 뭐 이런 이야기보다 그냥 놈들이 너무 마음대로 할 것 같아서.

오전 00:52

수미

그렇지만 그는.

오전 00:54

민정

나도 그런 생각이 들어요. 그렇지만 그는?

오전 00:58

수미

그렇지만 그의 마음은. 그에게 나는, 어떤 사람일까. 정말 궁금하고 싶지 않은데 이따금씩 그런 궁금증이 치밀어오를 때가 있어요.

이렇게 아무렇지도 않게 새로운 연애를 시작하고, 비밀로 하고, 그러면서 말 한마디로 쉽게 나를 저쪽으로 치워버리는 것. 무슨 그 남자의 발 닦는 닦개처럼…

웰컴매트.

오전 01:00

민정

웰컴매트…. 웰컴이랄 것까지야…

오전 01:03

수미

안녕히 가십시오, 또 오세요.

오전 01:04

민정

늘 반겨주는군요

오전 01:05

수미

나는 이럴 때 내가 경멸스러워요.

오전 01:06

민정

난 늘 내가 경멸스러운데요 뭐. 근데 사람들은 우리가 그걸 모르는 것처럼 생각하더라고요. 그리고 끊임없이 가르쳐주려고 그래. 알아, 안다고!

오전 01:08

수미

그동안 못했던 이야기들이었어요. 민정 씨가 적당히 먼 거리에서, 그래도 심드렁하지 않게 내 이야기에 귀 기울여줘서인지 말이 자꾸 길어지네요.

고마워요, 언니.

오전 01:10

내가 정신을 잃으면
나를 보살펴줄래?

내가 여기 쓰러진다면
나를 집에 데려다줄래?

세상이 더 좋아질 거라고
시간이 약이라고 한 말
잊지 않을게.

Jess Glynne, 〈*Take me home*〉 중에서

살아 있어요

———————————— 3월 14일 ————————————

수미

> 나는 아무 조건 없이 그를 사랑하겠다고 말하지만,
> 결국 이렇게 어느 한편 그를 비난하고 그를 탓하고
> 뭔가 섭섭해한다는 것. 나는 결국 그가 나를 사랑해
> 주기 바랐던 거예요.
> 그런 것도 다 필요 없이, 아무 조건 없이 사랑하고 있
> 다고 생각했으면서 그래도 현실이 되어 울고, 술 마
> 시고, 문자 보내요.

오후 11:40

수미

> 버스터미널 이후로 한 번도 연락하지 않았던 그에게
> 어제는 술기운에 문자를 보냈어요.

> 할 말이 있어, 보고 싶어.

오후 11:46

수미

> 오늘 아침 그에게 답장이 왔어요.

오후 11:47

78

수미

늦은 시간에 연락하지 말라고, 할 말 같은 거 하지 말라고.

단지 문자일 뿐인데, 어차피 그가 이미 보낸 문자일 뿐인데, 눈을 질끈 감고 심호흡을 하며… 실눈을 뜨고 조금씩 천천히 그 문자를 확인했어요.

오후 11:49

민정

한꺼번에 다 보기 무서워서. 그 마음 알 것 같아요.

오후 11:50

수미

일어나 샤워를 하고 물을 마시고 신발을 신고 출근하려고 버스 정류장을 걸으면서 계속 울었어요. 나는 언제까지 마음 아파하며 그를 생각할까, 막막하고 두려웠어요. 나는 왜 그를 놓지 못 하는 건지.

오후 11:51

민정

언제까지 그럴 것 같아요?

오후 11:52

수미

한 번도 해보지 못 한 일이라서 방법을 모르는 건지,

도대체 세상 사람들은 사랑을 어떻게 그만두는 건지, 혼자 키가 30센티미터의 난쟁이가 되어 세상 모든 이의 발에 차이는 그런 기분… 모든 것이 흔들려요. 내가 그를 정말 사랑하는 게 맞는지, 왜 그만두지 못 하는 건지, 왜 할 말을 하지 못 하는 건지, 내가 정말 하고 싶었던 말은 뭐였는지.

사랑을 그만둬본 적이 있나요? 마음이 자연 소멸하 나요? 의지로 그만둬본 적 있었나요?

오후 11:55

민정

전 거의 그랬어요. 사실 거의 상처받은 적이 없어요. 다치기 전에 다치게 해버리니까. 남들이 보면 전 솔 직히 성적으로 자유분방한 여자로 보이겠죠. 웃겨요. 개방적인 여자라고 해서 자기네한테 잘 줄 거라는 이야기는 아닌데 착각하는 남자도 많고. 우리 둘 다 개방적인 여자로 보일지도 모르죠. 현실이 이 렇게 다른데도. 거의 쉬지 않고 연애를 해왔고, 몇 번 차인 적은 있지만 마음 아팠던 적도 없고.

오후 11:57

수미

다치기 전에 다치게 해버리는 것은 어떤 거죠?

오후 11:58

민정

다치지 않기 위해 아주 애쓰죠. 누구를 사랑하지 않 기 위해서도. 아마 누군가는 나에게 원나잇을 밥 먹 듯한다고 비난하겠죠.

이건 내게 어쩌면 이 사람일까, 하고 열쇠를 맞춰보는 행위에 불과했어요. 어렸을 때 있었던 일 때문인지, 성적인 것에 혐오가 약간 있어서 성욕이 강한 편이 아니거든요.

하긴 우리나라 여자들 중에 어렸을 때 성에 대한 혐오감을 느낄 만한 일을 겪지 않은 여자가 있긴 하나요? 그래서 남자를 먼저 원한 적은 없어요.

그런데 웃기는 건 거의 내가 먼저 남자에게 접근해서 가까워지는 거예요.

오후 11:59

──────────── 3월 15일 ────────────

 수미

섹스를 하면서 그의 마음을 느껴보는 건가요? 내게로 전해지는지?

오전 00:00

민정

아뇨, 어떤 주술 같아요. 이번에는 맞을까, 이 사람이 맞는 걸까? 이번에는 맞을까? 따뜻한지, 그 품이 불쾌하지 않은지, 체액이나 성기 같은 게 더럽게 느껴지는지 실험해보는 거죠.

그런 게 역겹게 느껴지지 않는 사람이라면 데이트 같은, 일상적인 생활을 같이 해도 거북함이 전혀 없으니까요. 그런데 데이트할 때는 전혀 역하지 않던 사람이 섹스할 때는 역겹게 느껴질 때가 종종 있어요. 그럼 손해 본 기분이라니까요.

근데 그러느라 페이킹만 늘었어요. 가짜 신음소리 부문이라면 포르노 배우 해도 될 것 같다니까요. 근데 항상 그 사람이 아니더라고요. 사실은 아직까지도 잘 몰라요. 남은 것은 상처밖에 없고….

하여튼 의지적으로 사랑을 그만둬봤느냐는 말에는 단호하게 예스, 라고밖에 대답을 못 하겠어요. 내가 일방적으로 관계를 끊은 게 거의 대부분이니까.

오전 00:02

 수미

좀 슬퍼요. 그가 맞기를 바라면서 좋은 듯이 해보는 것처럼 느껴져요. 페이킹만 늘었다는 말이요.

오전 00:04

민정

아, 내가 페이킹에는 달인이죠! 그 짧은 교접의 순간에 할 수 있는 한 느껴보려고 했던 것 같아요. 그 사람이 뭔지. 누군지. 어떤 사람인지.

섹스는 그 남자가 어떤 사람인지 제일 내밀하게 보여주니까요.

오전 00:05

수미

한 번 좋은 듯이 해보자, 정말 좋을 수도 있으니까?

오전 00:06

민정

하지만 허탈한 게, 사실 그냥 교미일 뿐이잖아요.

지금 잘난 듯이 말했는데 다 뻥이에요. 잠깐 넣었다 뺀 걸로 그 사람이 어떤 사람인지 어떻게 안다고.

물론 섹스 매너나 남에게 말 못 할 취향 같은 건 알 수 있죠. 나한테 침 뱉어줘! 욕해줘! 이런 남자도 있었으니까요. 겉으로 전혀 그렇게 보이지 않는 사람들이었는데. 아무 양해도 없이 갑자기 애널 섹스를 시도하고는 아파서 소리를 지르니까 미안해 너라면 받아들여줄 것 같았어, 하는 헛소리를 하는 인간도 본 적 있어요. 내가 홍익인간인 양 여러 사람과 잠자리를 하는 동안, 수미 씨는 그만큼의 에너지를 그 사람에게 쏟았다는 생각이 드네요.

오전 00:07

 수미

사실 그 사람과만 섹스한 것은 아니에요.

오전 00:08

민정

아니, 기운을 특별히 집중시켰단 이야기죠.

오전 00:09

83

수미

저도 물론 남자와 둘이 술 마시고, 나에게 다정한 남자들과 다정한 품을 기대하며 여러 번 섹스를 해봤지만, 아침에 모텔을 나올 때면 늘 남자와 섹스한 게 아니라 나의 어떤 마음과 했다는 기분이 들곤 했어요.

오전 00:09

민정

간밤의 남자와 훤한 시간에 나오는 기분, 정말 장난 아니지 않아요?

그대로 안녕히 가세요, 해야 하는 건지. 의리상(?) 뼈다귀해장국이라도 한 그릇 하고 헤어져야 하는 건지. 으으윽.

오전 00:10

수미

난 그런 아침이면 항상 그들에게 사과 문자를 보내곤 했어요.

내가 술에 많이 취했다, 미안하다, 다시 그런 일 없을 거다, 라고요.

오전 00:11

민정

웃어도 될까요? 세상에, 섹스해주고서 사과해주는 여자라니. 그런 건 이 세상에 없어.

오전 00:11

84

수미

남자들이 당황하더라구요. 여자 쪽에서 사과한다는 것에.

오전 00:12

민정

그들은 이게 웬 떡이냐고 생각했을걸요. 보통 섹스하면 여자들은 그걸 어떤 무기로 쓰잖아요. 줬다, 라는 표현이 있는 것처럼.

그런데 내가 미성숙해서 너랑 했어 미안해, 라니. 어디서 그런 일을 어디서 당해봤겠어요.

오전 00:13

수미

그들이 나를 놓고 실수했다고 생각하는 마음을 바로 잡고 싶었어요.

오전 00:14

민정

수미 씨 진짜 재미있다. 그들이 얼마나 놀랐을까. 착각하지 말아줘, 실수한 건 나라고? 네가 아니라?

오전 00:14

민정

이건 내 실수야, 니들 실수가 아니란다. 내가 너를 침대로 데려온 거야. 어젯밤 니가 필요했어. 근데 후회가 되니 이제 다시는 그러지 않도록 할게.

그 실상을 알았다면 그들은 엄청 화를 냈겠는걸요. 당신의 진심을 알았다면.

오전 00:16

 수미

하지만 그들이 나를 진심으로 사랑한 게 아니니까, 큰 모욕으로 느꼈을 기라고 생각하진 않아요.

오전 00:16

민정

잘못 생각한 거예요. 남자의 거시기에서 일어나는 일은 아무리 작은 일이라도 자칫 모욕이 되기 십상이거든요. 그들은 그걸 생명처럼 여긴다고요. 어쩌면 사랑보다 중요할걸?

그런데… 그가 연애 중이란 걸 확실히 알게 돼버렸는데 지금은 기분이 어때요…? 마치 면도칼로 마음을 얇게 저미는 것 같지 않을까. 사태장조림 찢듯 찢어질 것 같아요.

오전 00:17

 수미

맞아요. 마음에 여러 결이 나서 저며져요. 나는 한 장의 돈가스가 돼버렸네요.

오전 00:18

86

민정

왜 음식 이야기만 하고 있지.

오전 00:19

수미

요리할 때, 마음이나 관계 맺기와 비슷한 부분들이 있어요. 이번에 제가 돈가스가 돼버린 것처럼… 장조림처럼 보이듯이….

대충 만든 것들은, 대충 먹여지고. 몸 안에서 뭔가가 돼봤자 혈중 콜레스테롤 수치 같은 것이 아닐까요.

오전 00:20

민정

힘내라는 말은 차마 못하겠어요. 수미 씨가 앞으로도 계속 이러리라는 걸 아니까… 그냥 견뎌요… 잘 견뎌내봐요. 살아 있어요.

그 사람 사랑하지 않으면 살 수 없는 사람처럼 보여서 위태로워 보이기까지 해요. 남들 보면 그냥 9년간 집착하는 여자처럼 보이겠지만 내 눈엔 아니에요. 그냥 살아 있어요.

오전 00:30

가끔 땅한테 미안해요

수미

이제 마음을 정리하자, 그런 마음을 먹어보고, 내 마음이 그에게 올가미가 되어 시덥잖은 죄책감같은 게되지 않도록 하자. 그렇게 생각해보고… 다들 집착이래요.

오전 00:31

민정

남 말 하기야 쉽죠.

오전 00:31

 수미

이건 더 이상 사랑이 아니라고. 이제 그만 그를 놓으라고. 그도 힘들 거라며.

오전 00:32

민정

그가 힘들 게 뭐가 있어요? 바쁘다고만 하면 되는데.

오전 00:33

수미

내가 그를, 나쁜 사람으로 만들고 있다고.

오전 00:34

민정

그도 절대 거부하지 않잖아요. 항상 당신에게 돌아왔잖아요. 이른바 비시즌, 여친 없는 시즌에는. 찾을 거 다 찾아 먹으면서 얻다 대고 희생자인 척이야.

오전 00:35

수미

꺼지라고 할 때 제때 잘 꺼져주기만 하면, 그는 아마 술 먹은 새벽에 다시 내게 문자 보낼지도 모르죠.

하지만 왠지 이번에는, 정말 마지막 같아요. 할 말 하지 말라는 그의 문자를 보고 느꼈어요. 이번은 정말 마지막이구나. 정리당했구나.

오전 00:36

민정

정말 마지막이라면… 어떨 것 같아요?

오전 00:36

수미

특별히 어떤 것은 없어요. 제대로 마음이 온 적도 없으니까. 늘 이런 상태였는걸요. 그리워하는 마음을 품고, 출퇴근하며 살아가겠죠.

오전 00:37

민정

9년 동안? 내내?

오전 00:38

수미

나는 그 사람 마음 갖는 거 엄두도 안 냈어요. 제 것이 아니라고 알고 있어요.

오전 00:40

민정

거의 경의를 표하고 싶을 정도예요. 그 남자 한 번 구경해보고 싶네요. 대체 어떤 마성이 있는지….

오전 00:41

수미

그 사람도 별것 아니고, 그 시간도 별것 아니에요. 벌써 입춘이네? 올해도 두 달밖에 안 남았네? 같은 거랄까….

오전 00:42

민정

수미 씨가 한 마리 말미잘이라면 바닷속 어떤 흐름에도 휩쓸리는 일 없이 촉수가 모조리 그 사람한테만 가 있어서 그래요. 오늘은 안 울었어요?

오전 00:43

수미

어제도 울고 오늘도 울었지만, 아마 조만간 괜찮아질

오전 00:44

거예요. 마음이 괴로우면 걸어요. 걷고 걷다 보면 어느 순간부터 괜찮아져요.

내가 땅바닥에 괴로움을 떨어뜨리고 다니는 것 같아서, 가끔 땅한테 미안해요.

오전 00:45

민정

땅이란 것들, 그 정도는 감당할 만큼 튼튼하게 만들어졌다면 좋겠네요.

난 마시고 있는데, 안 마시고 견딜 수 있어요?

오전 00:46

 수미

아주 조금요. 맨틀이 나를 받아준다면, 걷다 보면 괜찮아질 거예요.

오전 00:48

민정

맨틀이 오늘은 특별히 견고하기를.

잘 자요.

오전 00:55

서로의 요정이 되어

7

───────── 3월 23일 ─────────

민정

먼저 저번에 장난처럼 물었던 거, 미안해요. 얼마나 진심이냐고 묻는다면, 사랑한다고 말하지 못하고 개새끼, 하고 내뱉게 되는 마음을 안다고밖에 말 못 하겠어요.

내가 이성관에 대해 아버지 이야기를 털어놓는다면, 진부한 이야기가 될까요? 아버지에게 사랑받지 못한 여자 아이들이 자라서 걸레가 된다는. 아, 이런 원색적인 표현 미안해요. 당신이 나 같은 범주에 들어온다는 이야기는 아니었어요.

그냥 흔히 걸레라고 불리는 그런 사람, 좀 돌려 말할 때는 남자 경험이 많은 사람. 사람들이 아주 걱정스러운 얼굴을 하고 네 자신을 먼저 아껴, 자존감이 모자란 거 아니니? 하고 염려해주는 그런 여자.

오후 09:08

전 그런 여자예요. 하지만 억울하게도 남자 경험이 많으면 자동적으로 팜므파탈이 되어 남자를 한 손으로 조종할 수 있거나 뭔가 굉장한 방중술을 알고 있으리라는 사람들의 선입견과는 전혀 다르게, 그냥 사람을 만날 때마다 상처받고 똑같은 실수를 되풀이하고 그럼에도 이 사람은 다르지 않을까, 하고 바보처럼 기대하는, 그러네요.

야무지지 못하니까 걸레겠죠. 사람들이 보기에는 여왕거미 아니면 도덕성이 제로인 것처럼 보일지 모르지만 나의 데이트는 다 그랬어요. 실은 문이 열릴 때까지 이 열쇠가 맞나, 하는 안타까운 마음으로 맞춰보는 것.

오후 09:12

 민정

지금은 그런 시도 따위 하지 않아요.

오후 09:15

 민정

초라한 마음이 들게 했다면 다시 한 번 미안해요. 내 남루한 마음도 별 것 없는데 다른 사람의 초라함에 손가락질한 꼴이 되었다니 참.

그래도 당신의 카톡을 보고 있으면, 신데렐라에 나오는 요정 할머니 같은 사람이 있어도 좋지 않을까, 하는 생각이 들어요.

당신에게 마법 지팡이를 휘둘러서 그 사람이 영원히 당신을 사랑하는 마법을 걸어준다면 좋을 텐데. 얼굴도 모르는 생판 남인 당신을 위해 요정 할머니를 꿈꾼다고 해서 당신을 불쌍히 여기는 건 아니니 오해는 말아요. 그냥 세상에 그런 경우도 있어야 되지 않나, 그런 생각이 들 뿐이에요.

오후 09:18

민정

내 아버지는, 그러니까 그가 살아 있을 때 말이에요. 병원에 실려 간 딸에게 치료비를 이야기하며 죽어버리라고 말할 정도의 아버지는 아니었어요. 백합처럼 새하얀 마음을 가진 사람이었죠.

그런데 다른 사람도 그렇게 깨끗하지 못하면 아주 곤란해하는 사람이었어요. 나는 별로 그렇게 새하얀 마음을 가진 아이는 못 되었죠. 아버지는 거짓말도 절대 하지 않는 사람이었어요.

그는 동네에서 전파상을 하고 있었어요. 교회에서 받은 직분은 집사였는데, 우리가 다니던 작은 교회에서는 모두 그를 전도사님이라고 불렀어요. '전도사님'이 무슨 뜻이냐면요. '목사 지망생'을 부르는 통칭 같은 거예요. 내 몸은 전파상에 있지만, 내 영혼은 하늘에 있노라, 이런 식의 남자였죠.

오후 09:20

민정

집안 형편이 썩 좋진 않아서 미미 인형이나 미미의 부엌 같은 장난감을 가져본 적은 없지만 몇 년에 한 번, 부모님의 지인들이 봉제인형을 사주시곤 했어요. 꼭 끌어안고 잘 수 있는 봉제인형이 정말 좋았어요. 어둠이 너무너무 무서웠거든요. 아버지는 이렇게 말하곤 했죠.

오후 09:22

민정

하나님을 믿는 마음이 부족해서 어둠을 무서워하는 것이다!

오후 09:30

민정

네, 나는 하나님이 누군지도 잘 몰랐기 때문에 그분을 열렬히 믿는 것까지 할 수 없었어요. 아버지의 설명으로 듣는 하나님은 엄하고 무서운 어느 집안 몇 대손 할아버지 같았거든요. 국회 부의장과 총리 후보, 국회의원 두어 명을 합쳐놓은 것 같은 그런 할아버지.

어둠에 맞서 다행히 봉제인형 친구들이 곁에 있어주었는데 학교에 다녀와보니 인형이 죄다 없어졌더군요. 행방을 물으니 눈이 있는 인간 형태의 장난감에는 마귀가 그 안에 깃든다는 거예요. 그래서 죄다 내다 버렸다더군요.

말도 안 되는 소리라고 생각했지만 이미 내 친구들은 마귀의 취급을 받고 멀리 내버려진 지 오래였어요. 울다 뺨을 맞았죠. 맞은 게 그럴 때뿐인 건 아니었지만.

오후 09:32

민정

손을 얹어서 기도하는 안수라는 행위가 기독교에 있다는 건 당신도 알죠? 한국에만 있는 게 있답니다. 바로 '안찰'이라는 거예요. 기도하면서 마귀가 들린 사람을 때려 마귀를 내쫓는 거예요. 미국 신학교에서 한국 신학생들이 이런 사건을 일으켜서 재판이 열린 적까지 있다나요. 재작년인가 어느 개척교회에서 집사 사모에게 여러 사람이 이 안찰을 시도하다가 목을 밟아서 목숨을 잃게 한 적도 있어요.

오후 09:33

민정

내가 백합처럼 마음이 새하얀 아이는 아니었지만 그렇다고 마귀는 아니었는데, 내 안에 마귀가 있는지 의심스러울 때마다 아버지는 그런 걸 행한 다음 말씀하셨죠.

오후 09:34

민정

나는 네가 아니라 네 안에 있는 마귀를 때렸다! 네 눈동자에서 분명히 마귀가 보였어!

오후 09:35

민정

그래, 마귀에게도 주거의 자유가 있을 테니 거기 있고 싶을 수 있었겠죠. 하지만 두드려 맞아서 아픈 건 마귀가 아니라 나란 말이죠.

오후 09:38

민정

내 안에 있는 마귀가 딱히 나간 것 같지 않았어요. 하

100

여튼 늘 그렇게 마귀라고 적시당하던 게 어린 시절 대부분의 기억이에요.

나는 마귀가 아니에요, 라고 말하고 싶어도 아버지는 하나님의 대변자였던걸요. 히브리어 성서를 읽는 사람에게 차마 대적할 순 없었어요. 아버지가 마귀라고 하면 나는 마귀니까, 나는 성스러운 사람들의 눈에만 보이는 뿔과 꼬리가 달려 있는 것 같은 마음이었죠.

아버지는 절대로 거짓말을 하지 않으니까, 나는 마귀 인가봐. 이렇게 생각하면서 말이에요.

처음에는 내 안에 마귀가 있다니 너무 무섭고 끔찍해서 울면서 그 안찰이니 뭐니 하는 것들을 참았어요.

나중에는 야 야 됐어 그냥 있어, 하루 이틀이야, 하고 내 안에 있다는 그 마귀를 친구처럼 생각하는 정도까지 이르렀죠. 봉제인형 대신 아버지는 어둠에 맞설 새로운 성물을 가져왔어요.

오후 09:40

민정

벽을 온통 채울 만큼 큰 성화였는데, 임종하기 직전 예수 그리스도의 얼굴이 클로즈업된 그림이었죠. 이마는 가시 면류관에 찢어지고, 눈동자는 이제 숨이 곧 넘어가려고 한다는 것을 보여주듯 동공이 풀려 있고, 온 얼굴에 '고통'이라고 커다랗게 쓰여 있는 듯한 그림이었어요.

아버지는 그 그림을 내 방에 걸었어요. 밤이 되면 거리의 가로등 불빛에 비쳐 예수의 얼굴이 싸구려 코팅종이 때문에 고통으로 번들거리고 유독 고요한 밤이면 그의 비명소리까지 들려오는 것 같았어요.

생각해봐요. 그 가엾고 젊은 남자가 말이에요. 죽기전에 얼마나 속상했으면 그렇게 외쳤을까요. 엘리, 엘리, 라마 사박다니, 아버지여 왜 나를 버리시나이까.

오후 09:42

민정

너무 고통스러워 보이는 예수님의 표정이 혹시, 야죽을 때 돼서 보니 다 사기였어, 이 개새끼들아, 그냥목수로 살걸 그랬어, 씨발!
이런 게 아닌가 싶어서 나는 오랫동안 아빠 몰래 예수님이 가여워서 혼났어요.

예수님께는 죄송했지만 그 그림을 결국 떼어서 감췄어요. 예수님이라고 하면 좋은 그림 많잖아요. 어린양을 안아준다거나 양떼와 함께 계신다거나. 결국 그림이 어디 갔는지 알아내지 못 한 아버지는 예수님 그림을 싫어하는 건 내 안에 마귀가 있어서라고 했죠.

그쯤 됐을 때는 아예 마귀가 나의 절친한 친구 같은 느낌이었다니까요. 어둠을 무서워하는 것도 다 내 안에 있는 마귀 탓.

그런 소리나 들으면서도 도저히 혼자 견딜 수 없는 밤들이 있었어요. 그럴 때 안방 문을 울면서 두드린 적이 있죠. 돌아온 건 찰싹, 하고 내 뺨에서 나는 소리뿐. 베개를 끌어안고 마루에서 눈물을 흘리며 문을 두드렸지만, 땅- 하고 문 잠그는 소리만 들렸어요.

지금까지 살아오면서 나는 그 소리를 수없이 들었던 것 같아요. 땅- 땅- 땅- 땅- 땅. 그건 이렇게 말하고 있었죠.

저리 꺼져.
오후 09:52

민정

그래도 아버지가 어머니를 때리는 것 같은 광경을 보지 않고 자란 건 다행이라고 생각해요. 두 분은 나를 양육하는데 의견이 일치하는 분들이었으니까요.

저항하지 못 하게 어머니가 팔을 붙잡고 있는 동안 아버지가 일격을 가하는 식이었기 때문에, 그 와중에도 단합이 잘 되는 사람들이라고 생각했어요.

아마 수미 씨도 알고 있겠죠. 매 맞는 시간이 좀 길어지면 아예 몸에 힘을 풀고, 의식의 힘도 풀고, 정신을 약간 공중에 띄운다는 느낌으로 멍하니 있다 보면 별로 아프지도 않고 마치 진짜 내가 내 육신의 어깨 정도에 둥둥 떠서 그 광경을 바라보고 있는 듯이 느껴지는 거.

꼭 내가 출연하고 있는 영화를 보는 것만 같아요. 아주 시시하고 지루한 영화.

오후 09:54

나에게 효도해봤느냐고 물었죠? 경제력이 없는 분들이다 보니 송금한 적은 꽤 되지만 아마 그건 영원히 효도로 카운트되지 않을 거예요.

스물한 살 때까지 마귀는 나를 떠나지 않았고, 스물한 살이나 돼서 맞고 있는 건 이상하다고 여긴 나는 결국 폭력으로 같이 맞서서 상황을 종식시켰죠.

내가 덩치가 있는 편이고 아버지가 비교적 왜소했던 게 다행이라면 다행이랄까요. 자식한테 맞고 사는 부모가 어디 있느냐고, 어머니가 통곡을 했던 게 기억나요. 아마 그것도 내 안의 마귀가 한 짓이었나 봐요.

오후 10:09

열일곱 살 때인가, 학원에 갔다 열한 시 쯤 집에 돌아오고 있는데 저쪽에서 젊은 남자가 이쪽으로 오고 있었어요.

나와 마주친 순간 갑자기 손을 쭉 내밀더니 내 크지도 않은 한쪽 가슴을 아예 몽우리까지 꽉 움켜잡고 빨래를 돌려짜듯 비틀더군요.

너무 놀라면 비명도 안 나온다더니 정말 그랬어요. 그리고 다른 손으로 지퍼를 내리며 할래? 야, 하자! 하고 징그럽게 웃더라고요.

정말 겨우겨우 쥐어짜내듯 비명을 질렀더니 그 사람

은 킬킬 웃고는 아예 자기 물건을 꺼내 휘두르면서 이쪽으로 가까이 가져왔어요.

오후 10:10

민정

천막이 쳐진 공사 중이던 건물이 있었는데, 그곳을 턱짓하는 걸 보니 저를 그곳으로 끌고가겠다는 뜻인 것 같았어요.

내 가슴을 움켜쥐었던 손을 놓고 이번에는 내 팔을 꽉 잡았어요. 몇 발자국 정도는 그 공사장 쪽으로 질질 끌려갔어요.

눈물이 그렁그렁한 채 내가 전봇대를 잡고 버티자 내 손가락을 억지로 하나씩 펴서 자기 물건에 대려고 하더군요.

오후 10:11

민정

다행히 집이 코앞이라 간신히 그를 뿌리칠 수 있었어요. 내게는 목숨의 위협이었지만 어차피 그에게는 귀갓길의 가벼운 장난에 불과했을 테니까요. 바로 헐떡헐떡 집으로 달려가 울면서 아빠에게 어떤 일이 있었는지 고했어요.

나가서 그 미친놈을 패줄 거라 굳게 믿었어요. 그리고 경찰에 신고해주기를 기다렸죠.

그렇게 안 해주리라고는 꿈에도 생각지 못했어요. 그런데 내 이야기를 다 들은 아버지는 한숨을 쉬더니 이렇게 말하더군요.

네가 밤 늦게 다니니까 하나님이 벌을 주신 거다.

오후 10:25

민정

그 말뜻을 이해하는 데 한참이나 걸렸어요. 얼굴이 눈물로 온통 젖어 있던 나는 눈을 시퍼렇게 뜨고 차분하게 말했어요.

하나님이 그런 씨발놈이면 난 이제 믿지 않겠어요.

오후 10:27

민정

아니, 그렇잖아요? 그렇게 치사하게 처신하는 이를 어떻게 신으로 믿고 경배한단 말이에요. 그다음에 얼마나 맞았는지는, 뭐 기억도 나지 않아요.

정신을 놔버리는 게 편하니까, 그냥 놔버렸죠. 공중에 둥둥 떠서, 맞고 있는 내 몸을 바라봤어요.

오후 10:28

민정

자기 전에 목욕을 하려고 보니 그 남자가 잡아서 비틀었던 젖가슴엔 손자국 모양의 멍이 선명하게 나 있었어요.

아버지가 각종 도구로 두드린 자국 중에서도 그 낯모를 남자의 손자국이 제일 뚜렷하더군요. 그 거리에 사는 동안, 모든 남자의 손이 무서웠어요. 저 손일까, 아니면 이 손일까, 쌀집 아저씨의 저 손이었을까.

누가 됐건 어찌나 세게도 비틀었던지. 그건 아주 오랫동안 없어지지 않았어요.

오후 10:29

민정

당신과 누가 더 나쁜 아빠를 가졌는가, 같은 저열한 시합을 하려던 건 아니에요. 내가 하고 싶었던 말은 단지, 당신의 카톡을 읽으면서 트루먼 카포티의 《인 콜드 블러드》가 생각이 났다는 얘기예요.

카포티는 그 책을 다 쓰고 나서 등장인물에 대해 언급하며 그와 나는 같은 집에 있다가 각각 다른 문으로 나갔다, 라고 했다죠.

당신과 나도 어쩌면 같은 집에 있다가 다른 문으로 나갔는지도 모른단 생각이 들어요. 사귀던 남자들에게도 몇 번 맞아본 적이 있는데, 그들은 하나같이 이렇게 말하더군요.

난 여자 때려본 적은 정말 처음이야. 원래 나 그런 사람 아니야.

결론은, 내 어딘가가 이상해서 나를 이렇게 만들었다는 거예요. 부모님의 논리와 똑같았죠.

네가 매를 번다. 네가 우리에게 매를 들게 한다.

때리는 사람들의 논리는 항상 그렇더군요. 네가 맞을
만하기 때문에.

오후 10:35

민정

우리가 같은 집에 있다가 다른 문으로 나갔다는 건,
이런 생각 때문이에요.

당신은 당신을 사랑하지 않는 남자에게 9년간을 소
비하는 사람이 되었고, 나는 남자를 쉽게 갈아치우는
여자가 되었어요.

내가 냉혈해서 그렇게 된 건 아니에요. 다만 내 안에
서 마귀를 보지 않는 사람을 원했어요.

하지만 이 사람도 아니야, 라는 판단이 들면 관계를
즉시 끊었어요. 인생은 짧고, 내가 맞을 만하다고 말
하지 않는 사람을 찾기엔 시간이 없으니까요.

그런데 웬걸, 그런 남자를 찾지도 못 했는데 보니까
남자 경험만 많은 여자가 되어버렸네요. 걸레라고 수
군거리는 소리나 듣고, 자기 자신을 아끼라는 소리나
듣고요.

아니 나는 아끼려고 한 짓이라니까.

오후 10:43

108

그대의 심장은 소중하다
죽어버렸다고 생각한 감정이 그 안에 있으니

소네트 #31 중에서

실제 동화

8

———— 3월 25일 ————

민정

좀 움찔하게 되는 구석은 있어요. 우리를 평범한 여자들이라고 할 순 없겠고 그냥 좀 별난 여자들이라고 해둘까요?

당신의 카톡을 모른 척하지 못했던 것도, 당신이 생판 모르는 나에게 토해내듯 깊은 이야기를 한 것도, 심리학자들이 가볍게 '아버지에게 사랑 못 받은 여자들'이라는 카테고리로 묶어버릴까봐서예요.

정말 그럴까요? 세상일이 그렇게 단순할까요?

당신이 그 남자를 그토록 사랑하는 것도, 내가 이토록 외로운 것도, 모두 아버지에게 사랑받지 못해서라고 한다면 너무 허망하잖아요. 당신은 어떻게 생각하나요…?

오후 10:50

112

더 웃기는 건, 원래 내가 한때 아버지를 너무나 사랑했다는 거예요. 그는 내 세계의 전부였죠.

절대로 거짓말을 하지 않는 사람이었기 때문에 내가 마귀라고 말했을 때 믿을 수밖에 없었는데, 얼마나 거짓말을 못 하는 사람이었느냐면 한번은 이런 일이 있었어요.

서너 살 때부터 아버지가 '전도사'라는 이름으로 온갖 궂은 일을 다 맡아 봉사하던 교회에 딸린 선교원이라 불리는 유치원 같은 데에 다녔거든요. 어느 날 크리스마스라는 말을 처음 듣게 되었어요.

아이들 말로는 착한 어린이에게 크리스마스 전날 밤 머리맡에 산타가 선물을 가져다준다는 거예요.

오후 10:52

스스로 아주 착한 어린이라고는 생각하지 않았지만 다들 선물을 받을 때 나만 못 받을 만큼 나쁜 어린이라고는 생각하지 않았기 때문에 집에 가서 산타가 어쩌고 하며 조잘거렸어요.

그러자 아버지가 준엄하게 말씀하시더군요. 산타 같은 건 없단다. 믿어야 할 건 오로지 우리 주 예수 그리스도뿐이란다.

옆에서 엄마가 혀를 차는 소리가 들렸어요. 저 양반은 한 애가 여섯 살이나 되거든 이야기하지…, 라고요.

크리스마스 다음날 선교원에 가니 애들이 다 즐거워 보이더군요.
산타가 준 선물을 가지고 온 아이들도 많았어요. 넌 뭘 받았니? 하고 묻는 아이들에게 나는 부루퉁하고 단호하게 말했어요.

산타클로스는 없어!

오후 10:58

민정

아이들이 비명이라도 지를 듯한 표정으로 나를 쳐다 봤어요.

진짜로 있는 건 예수님뿐이야. 산타클로스 같은 건 없어!

오후 10:59

민정

어떤 아이가 인형을 내밀며 간밤에 산타가 주고 간 거라고 하더군요. 나는 여전히 단호했어요.

그건 너희 엄마 아빠야!

오후 11:07

민정

얼음장 같은 침묵이 교실을 메우고 있는데 몇몇 애들 이 나를 가리키며 말했어요.

내가 나쁜 아이라서 산타가 우리 집에 안 왔다고요. 교회에 딸린 선교원이다 보니 아이들은 모두 기독교 가정의 자녀였어요.

산타보단 전도사가 위에 있는 거죠. 그러니 나는 당당했어요.

우리 아빠 전도사님이야! 우리 아빠가 그랬어! 전도사님은 거짓말 안 해!

오후 11:35

민정

어떤 애는 결국 울었어요. 누가 내 어깨를 잡더군요. 복잡한 표정을 한 선교원 선생님이었어요.

민정이는 오늘 집에 좀 일찍 갈까?

잘못한 것도 없는데 내가 왜 쫓겨나야 하는지 이상했지만, 나는 떳떳이 가방을 챙겨 집에 갔어요. 우리 아빠는 절대로 거짓말 안 하니까.

산타 같은 건 없으니까.

오후 11:36

민정

그때쯤이었을 거예요. 모든 용기를 쥐어짜내 아빠에게 세상에서 누가 제일 좋냐고 물어본 게.

115

아버지는 얼굴이 어두워졌어요. 그러고는 대답했죠. 세상에서 하나님을 제일 사랑하고, 그 다음으로 네 엄마를 사랑하고, 그다음에 너를 사랑한단다, 라고요.

당연히 나라고 대답할 줄 알았던 나는 깜짝 놀라 물었어요. 그럼 아빠, 아빠한테 나는 3등이야? 아빠가 고개를 끄덕였어요. 나는 엉엉 울기 시작했어요.

오후 11:37

내가 울면 아빠가 대답을 바꿀 거라 믿었죠. 아빠는 울면서 방구석을 굴러다니는 나를 보며 아무 말도 하지 않았어요.

결국 울다 지쳐 딸꾹질을 하고 있는 나를 향해 아빠는 엄숙하게 말했어요.

네가 아무리 울어도, 아빠는 거짓말을 할 순 없단다. 아무리 울어도 바뀌지 않아.

아빠는 하는 딸꾹질을 멈추지 못하는 나에게 물을 마시게 하고 무릎 위에 올려놓았지만, 내가 아빠는 사실 나를… 하고 물으려고 할 때마다 단호하게 고개를 흔들었어요.

아빠는 하나님을 가장 사랑한다.

결국 나는 울기를 그쳤어요. 어때요. 9년간 같은 남자를 사랑하고 있는 당신도 대단하지만 이쪽도 꽤 절절한 사랑 얘기 아닌가요?

젠장, 그러고 보니 아빠 쪽도 꽤 절절한 사랑이로군요. 마누라나 자식보다 더 사랑하는 남자가 있다니!

오후 11:40

사랑, 어쩌면 섹스

--- 3월 26일 ---

민정

자요?

술 마셔요?

난 혼자 술 마시는데.

12시 10분이네. 남한테 톡하기 무례한 시간이면 미안해요.

오전 00:10

 수미

사실은 그 사람과 모텔 방에 누워 있어요.

오전 00:11

민정

???????????????

오전 00:12

수미

그는 잠들었고, 저는 옆으로 누워 있어요. 잠이 오지 않았는데, 민정 씨 깨어 있다고 하니 왠지 마음이 놓여요.

오전 00:15

민정

그 사람이 수미 씨를 안 만나려는 거 아니었어요? 잠은 왜 안 오고.

오전 00:16

수미

그 사람의 최근 연애가 끝난 것 같아요.

오전 00:17

민정

빠르기도 하네. 그 사람 참.

오전 00:17

수미

뭐라고 묻진 않았지만, 세 시간쯤 전에 술에 취해 집 앞으로 찾아왔어요.

이런 상황 상상해봤을 때 말이에요. 한 번쯤은 꼭 거절해야지, 늘 결심했는데 너무 힘들고 답답하다고, 울듯이 말하는 그 사람 목소리를 듣는 순간 무슨 생각했는지 아세요?

오전 00:18

민정

전혀 짐작도 가지 않아요.

오전 00:20

수미

내 지갑에 지금 현금이 얼마 있더라, 내일 출근하려면 몇 시에 일어나야 되나, 그런 생각하며 옷을 입고 있었어요.

오전 00:22

민정

현금이 얼마 있더라, 라니!

오전 00:25

수미

머저리 같죠. 그는 결국 아무것도 안 하고 횡설수설하다가 잠들었어요.

오전 00:27

민정

보통 모텔비 정도는 남자가 들고 나타나지 않나. 원래 당신에게 다 떠맡길 만큼 낯이 두꺼워요?

오전 00:28

수미

이미 취했고, 사실 누가 내든 상관없잖아요. 단지 그 사람이 돈이 없을 수도 있으니까.

그렇다면 그 사람을 당황시키거나 무안하게 하고 싶지 않았어요. 혹시나 그럴까봐, 늘 제가 먼저 지갑을 꺼내는 편이에요.

오전 00:30

민정

순간 이 여자 호구인가, 생각할 뻔했어요. 미안해요.

오전 00:32

 수미

그렇게 보일 수도 있겠어요. 근데 뭐, 모텔비를 남자가 내는 게, 저는 왜 자존심 상하는지 모르겠어요.

오전 00:34

민정

하긴 그게 좀 미묘하죠. 술은 비싼 술로 실컷 얻어먹어도 기어코 모텔비는 자기가 내려고 하는 남자들이 가끔 있는 것도 재미있죠.

그것만은 남자가 내야 된다는 건가. 모텔비를 딱딱 더치페이하자는 것도 웃기지만… 그냥 섹스에 대한 건 다 웃긴 것 같아요. 뭘 말해도 다 웃겨요.

오전 00:39

 수미

웃기죠. 그게 뭐라고.

오전 00:43

민정

맞아요. 그게 뭐라고. 저는 그냥 떡! 하고 외쳐버리고 싶을 때가 있어요.

거래처 사람이라든가 은근히 오늘 밤 같이 있을래요? 하고 치근치근 꼬드기는 남자들 보면 그렇게 외치고 싶어요.

아, 떡이요! 지금 저하고 떡! 치자구요? 하고. 고작 떡, 그게 뭐라고 사람들이 거기 막 목숨도 걸고. 돈도 내고. 안 해준다고 사람을 죽이고. 그것만 하라고 두 시간 동안 방 빌려주는 곳도 있고 말이야.

저는 요즘 성욕이 없어진 지 오래돼서 자위도 어떻게 하는지 까먹었어요. 아 참, 전부터 궁금했는데 그 사람은 잘 해요?

실례라면 미안.

오전 00:50

수미

저는 있잖아요. 상대가 나를 만지는 것보다 제가 상대의 성기를 만지거나 핥을 때 더 많이 흥분해요. 근데 이건 모든 남자에게 그런 게 아니고 그 사람의 경우에만 그렇거든요.

그래서 사실 그 사람이 잘 하는지 못하는지 그런 문제가 아니라 그냥 그 사람과는 어떻게 하든 다 좋아요.

오전 01:54

다른 사람들에게 그냥 냉동 참치처럼 '대주기만' 하는데 오로지 그 사람만? 그거 진짜 대단하다.

술이 확 깨네. 그런 인연이 세상에 다 있어요? 그럼 질문을 바꿔야겠다. 오늘 성에 차게, 실컷 했어요?

오전 01:56

 수미

대주기만 하는 건 아니죠. 다른 사람의 경우에는 내가 하는 것보다 받는 게 더 편하고 좋은데, 그 사람의 경우에는 받는 것보다 애무해주는 편이 더 흥분돼요.

근데 그는 오늘 만취 상태라서….

오전 01:58

아, 미안. 사실 '대주는' 걸 주로 하는 건 나예요. 아시다시피, 성욕이 없어서… 페이킹이라니까요.

남자들이 여자의 오르가즘에 크게 관심이 없는 탓도 있지만. 뭐 별 것도 안 보여준 다음에 열렬하게 물어 본단 말이죠.

느꼈어? 갔어? 갔어? 응?

그럴 때, 아니 그냥 그랬다, 라고는 차마 대답할 수가 없지.

오전 02:03

 수미

대준다는 건 어떤 의미예요?

하고 싶지 않은 상대와 섹스하는 건가요?

아니면 그를 좋아하지만 하고 싶지 않은 건가요?

오전 02:05

민정

그냥 남자가 나한테 입장해서 퇴장하기만 기다리는 거죠.

하고 싶지 않은 상대와 섹스한다기보다는 몇 가지 의미가 있어요. 일단 제가 성욕이 거의 없는 상태라도 제가 호감이 있는 사람이 하고 싶어 하면 아예 안 하기도 좀 그렇잖아요.

그러면, 입장에서 퇴장까지 최선을 다해 모시겠습니다, 안녕히 가세요, 뭐 이런 거. 가끔 그런 애매한 남자 있지 않아요?

오전 02:08

수미

다음에 하자고 미룰 수 있잖아요? 그냥 해요? 오전 02:10

민정

저는 뭐랄까 그러기가 좀 죄송하더라고요. 나는 막 심심해하면 죄송해. 태어난 것도 가끔 막 죄송하고.
오전 02:12

수미

상대가 심심해하거나 실망하면 죄송해요? 오전 02:13

민정

네. 웃기죠? 나랑 있는데 지루해하는 것 같으면 막 죄송해. 송구스럽고. 으하하.

에그, 죽으면 썩어질 몸 내가 뭐라고, 이런 생각도 들고요.
오전 02:15

수미

근데 남자들은 그렇게까지 측은지심을 발휘해서 해 주면 그거 다 아는 것 같아요.
오전 02:17

127

민정

맞아요. 나중에, 결국 걔 걸레다, 라고 말하고 다니는 남자들 보면, 그런 측은지심을 발휘해줬더니 고마운 것도 모르는 놈들이더라구요.

아, 다른 경우도 있어요. 정말 혼자 자기 싫은 밤 있잖아요. 누군가에게 안겨서 온도를 느끼고 싶은 밤에… 그런 날 섹스는 하기 싫지만 치러야 하는 세금 같이 하는 거죠.

남자들은 안 해주면 안 자고 가니까.

오전 02:19

수미

말 되게 안 되고 마음 아픈 이야기인데, 한편으로 이해도 돼요.

오전 02:23

민정

그럴 때 다음에 하자, 뭐 이러면 쌩하니 일어나 집에 가버린다니까요.

오전 02:25

수미

했는데 안 자고 가는 경우도 있잖아요.

오전 02:27

민정

맞아요! 완전 불공정거래라니까. 가끔은 열심히 자줬는데도 하고 나서 바로 주섬주섬 집에 가는 인간들 있죠. 양심도 없어.

그러면 혼자 차가운 침대에 누워서 나를 보며 생각하죠.

아유, 이 미친년아, 업소면 돈이나 벌지, 네가 빙다리 핫바지다, 이러면서.

오전 02:38

 수미

그럴 때 내 몸 보면, 굉장히 크지 않아요?

미워요. 이 거대한 몸뚱이. 이 육중한 몸. 이 수치스러운 몸. 안기 싫은 몸.

오전 02:39

민정

흉해 보여요. 저도 최근 살이 많이 쪘죠. 남자들처럼 외모에 자유로울 수 있다면 그 시간에 그림도 그리고 시도 쓰고 했을지도! 뭐 나야 술만 마셨겠지만.

사랑 없는 섹스란, 굉장히 진부한 단어지만 주섬주섬 지퍼를 올리고 가버리는 그 사람들에게 나는 얼굴이 달린 질일 뿐이란 생각이 들어요.

129

그런 거 다 알고, 알면서도…. 그래도 누가 자고 갔으면 하는 밤이 있어요.

그리고 더 최악의 경우가 있다면….

오전 02:41

수미

더 최악의 경우가 있어요? 저는 사실 저는 섹스하는 건 좋아해요.

사랑이 있으면 가장 좋고, 없다면 다정함 정도만으로도 섹스할 수 있어요.

오전 02:42

민정

한번 달라고 조르고 조르고 조르는 사람 있잖아요, 가끔?

정말 나는 생각 없는데 하자고 애원하고 애걸하고, 정말 몸을 던져 애걸하고 귀찮게 하는 애들. 그럴 때도 영혼 없는 섹스를 하는 것 같아요. 귀찮아서.

얘를 닥치게 하느니 내가 20분쯤 참으면 되니까. 에라, 처녀도 아니고. 모르겠다. 얼른 해주고 잠 좀 자자.

오전 02:44

수미

왜 나는 안 되냐! 다른 놈들한텐 주면서! 한 번만 줘라!

막 그러는 애들. 저도 봤어요.

오전 02:46

민정

그게 진짜 최악이죠. 안 돼? 안 돼? 안 돼? 이거 무차별 연발.

닥치게 하느니 한 번 주는 게 쉬워서.

그리고… 술에 취해 정신을 잃었을 때 남자가 내 위에서 혼자 헉헉대며 섹스하고 있던 적도 꽤 됐죠.

최근 읽은 책을 보니 그것도 강간에 포함된다 하더군요. 의식을 잃게 한 후 강간을 하는 것에 포함된다고. 그리고 술에 약을 타는 사람도 그렇게 많다고.

아마 그간 내 술에도 약 꽤나 들어갔을 거예요. 주량이 절대 이게 아닌데 맛이 가서 모텔에서 깨어난 적이 몇 번 되니까. 동영상 안 찍은 게 고맙지.

오전 02:49

민정

가끔 그 망할 놈의 소라넷을 뒤져본 적도 있어요. 혹시 내 얼굴 있을까봐. 그렇지만 난 그들을 뭐라고 하지 못하고 늘 나를 탓했어요.

그럴 때면 내 안의 윤리 선생님이 작동하더군요. 내가 처신을 잘 했어야지, 왜 그렇게 스스로 막 굴리냐 막 굴리길, 왜 술을 그렇게나 마셔서, 라고 하면서.

헝겊인형이 된 것 같은 비애감… 몰카 퇴치 운동이 일어나서 얼마나 고마운지 몰라요.

오전 02:50

민정

그들은 나와 섹스하는 게 아니에요. 나를 '사용'해서 섹스하고 있는 거죠. 그보다는 사랑이나 연정 없이 다정함 정도로 섹스할 수 있는 게 훨씬 나아요.

그냥 나 죽었다, 싶은 거죠 뭐. 그런 남자들은 상대가 하고 싶지 않다거나 그런 건 눈에 보이지도 않는 것 같아요.

내가 얼굴이 달린 질이라면 그들은 온몸에 페니스가 붙어 있달까.

오전 02:51

 수미

얼굴이 달린 질, 온몸에 붙어 있는 페니스… 동물이 아니라 오히려 식물적이에요.

오전 02:53

민정

교미도 아니고 접붙이기. 이런 거죠.

오전 02:56

132

수미

파리대왕?

오전 02:57

민정

꽃들처럼. 벌이 꽃가루를 함부로 가지고 가도 가만히 있는 거죠.

됐어 아직 꽃가루 남아 있어, 참자, 이 순간만 넘기자, 이러면서.

오전 02:59

수미

가만히 벌리면 다녀가고. 아직은 번식의 계절이니 조금 더 벌린 채 두자… 꽃가루가 그칠 때까지.

오전 03:08

민정

으하하하.

근데 그런 남자들은 짜릿하고 좋았다, 라고 정반대로 기억하고 있는 경우가 많아요. 웃겨요.

오전 03:09

수미

환상이죠.

오전 03:09

그렇죠. 이쪽에서는 뭐 너만 벌이냐 귀찮아서 벌리고 만다, 이런 건데.

오전 03:12

수미

어떤 일말의 의무나 책임을 그런 식으로 덮으려는 건 아닐까요?

그것도 못하는 남자들은 어떤 여자들을 걸레로 만들어버리잖아요. 그게 제일 쉬우니까.

오전 03:15

민정

우리 모두 너무 환상적이고 즐거웠기 때문에 내가 조르고 조르고 너를 귀찮게 한 건 결국 좋은 일이었어!

이런 결론 같긴 하더군요. 전혀 아닌데.

저는 속으로 그런 애들을 좆돌이라고 불러요. 그걸 위해 살고 죽는 애들…. 떡, 그까짓 게 뭐라고.

근데 당신은 그 남자랑 있으면 그게 그까짓 게 아니게 되는군요. 좀 부럽기도 하네요. 난 다녀간 분들, 정도로밖에 기억이 안 나는데.

오전 03:18

수미

다녀간 분들!

이 침입자들!

타인의 다정한 기운이 필요할 때, 다정하게 나와 섹스하고 싶어 하는 남자가 있다면 자연스러워지는 거 같아요.

물론 다정함으로 사랑이 이루어지는 것은 아니니까, 서로도 알고 있잖아요. 우리가 한 번 섹스했다고 연인 사이가 될 일이 없다는 것도….

오전 03:21

민정

지금 옆에 누워 있는 남자는 당신에게 여러 번 그런 다정한 사람이 되어줬나요?

오전 03:22

민정

오늘은 그 사람이 취해서 실컷 껴안지 못했겠어요. 그래도 오늘은 대실이 아니고 숙박이네요.

오전 03:24

수미

이렇게 내 옆에서 숨 쉬고 있는 것도 좋아요.

오전 03:24

민정

다녀가지 않는 날이네요. 자고 가는 날.

오전 03:26

민정

그가 또 만나자고 할까요?

오전 03:27

수미

숨 쉬며 자고 있는 그를 보면, 힘들게 살고 있는 것 같아서 마음 한 편이 짠해요.

오전 03:28

민정

아니면 그가 또 연애를 시작하고 그게 깨질 때까지 기다려야 할까요.

오전 03:31

민정

당신을 그렇게 힘들게 했는데도 짠해요?

오전 03:33

수미

그래 너도 사는 거 참 힘들었을 텐데, 내가 잠시 내 불행을 네 탓해서 미안해, 그런 마음.

오전 03:35

민정

어떤 불행인가요?

오전 03:36

수미

또 만나자고 할 수도 있고, 오늘이 마지막일 수도 있어요. 저도 알고 있어요.

그렇지만 그렇다고 해서 지금 이 순간 같이 있고 싶은 마음을 외면할 필요도 없는 것 같아요.

오전 03:38

민정

그래요.

오전 03:39

민정

근데 왜 꼭 끌어안지 않고 지금 나랑 카톡을 해요.

오전 03:40

수미

불편해할까봐 그냥 가만히 있는 중이에요.

오전 03:41

수미

어떤 욕정의 소모품이 되어버린 것 같은 자괴감, 함부로 버려진 것 같은 마음 아픔 같은 거요. 그런 시간들을 보내는 게 불행 같았어요.

보고 싶은데 보고 싶다고 말할 자격이 없다는 걸 새삼 깨달을 때의 불행.

오전 03:43

137

민정

그건 그 사람 때문 맞는 것 같은데.

왜 그 사람을 탓했다고 생각해요?

오전 03:44

민정

보고 싶다고 말할 자격은 그럼 누구에게 있을까요?

오전 03:45

수미

친구, 가족, 연인 이런 관계들 아닐까요? 저는 그렇게 생각했어요.

오전 03:46

수미

하지만 우리는….

오전 03:47

수미

그런 관계도 아니고 어떤 관계도 아니잖아요.

단지 이따금씩 섹스하는 사이인데 보고 싶다고 말하기 시작하면 그 사람은 곧 도망칠 것 같았어요. 그게 너무 두려웠어요.

오전 03:49

민정

농담이지만, 야, 너 그게 보고 싶다, 라고 하면 좋아했을지도.

오전 03:51

138

민정

하고 싶다, 라고 말하면 좋아할까요?

오전 03:52

수미

욕할지도 몰라요. 뭐든 입 밖으로 꺼내는 건 꺼려하거든요.

오전 03:53

수미

알잖아요. 잘 해주는 여자와 하고 싶지만, 하고 싶다고 말하는 여자는 또 다른 거.

아까 그 얘기 또 생각나네요. 떡, 그게 뭐라고.

오전 03:54

민정

아, 왠지 한숨이….

오전 03:55

민정

그까짓 떡. 근데 그런 말 있잖아요. 떡정도 정이라고. 그 정이 제일 무섭다고.

그렇게 생각하면 그 남자는 당신을 지금까지 사귄 여자보다도 무의식중에 가장 사랑하고 있는 게 아닐까요.

오전 03:59

수미

아 제발. 오전 03:40

수미

그건 아니에요. 저도 그 정도는 알고 있어요. 사랑하는 여자를 해진 이불 수거함에 처박듯이, 그렇게 내다버리는 사람은 없겠죠.

낯선 동네에 키우던 개를 버리고 오는 것처럼, 다시는 집으로 찾아올 수 없도록, 그러지 않겠죠. 마음이 아파서 그렇게 못하잖아요.

오전 03:43

민정

그런 일이 있었어요?

오전 03:44

수미

아니요. 전화번호 바꿔버리면 그만이고 그런 것들, 앞으로 연락하지 말라고 경고하는 그런 거, 다 그런 '함부로'의 쉬운 생각들이잖아요.

오전 03:46

민정

그런 건 그렇네요. 자기는 연락하면서 왜 당신한테는 연락하지 말라고 하는 거예요?

오전 03:48

수미

저는 늘 연락하고 싶고, 그는 가끔 연락하고 싶고, 그 때문 아니겠어요?

오전 03:49

민정

근데 왜 앞으로 연락 말라고 경고까지 하는 거예요

오전 03:51

수미

당분간 연애해야 하니까요!

오전 03:52

민정

다른 여자하고.

오전 03:53

민정

그렇구나.

오전 03:54

수미

다른 여자하고.

오전 03:56

수미

다른 여자하고 만나고 있는데 내가 연락하면, 다른 여자가 이상하게 생각한대요.

오전 03:58

민정

이건 계속 물어봤던 거지만,

오전 03:59

민정

그럼에도 불구하고 왜 그 사람일까요. 뭐 인간적으로 탁월하게 인성이 좋다든가. 엄청 잘생겼다든가.

오전 04:03

민정

매력이 있어요. 뭔가?

오전 04:05

수미

왜인지 모르겠지만, 뭘 바라고 있는 건지 잘 모르겠지만.

오전 04:07

민정

당신을 그렇게 통째로 사로잡을 만큼?

오전 04:08

수미

그 사람 보고 있으면 그 사람의 단점이나 약점까지 전부 마음 쓰이는 거, 알아요?

오전 04:10

민정

전 그런 경험이 없어서. 좀 자세히 말해줄래요?

오전 04:12

142

수미

부족한 부분이 보이면 짠해요. 마음이 약해져서 자신 없어 하고 있으면 무턱대고 지지해주고 싶어져요.

오전 04:15

수미

조금 더 구체적으로 말하고 싶은데.

오전 04:16

민정

아뇨, 알 것 같아요.

오전 04:17

민정

그거, 사랑이라는 거네요.

오전 04:19

수미

예를 들면 이렇게 힘들다고 몇 달 만에 나를 찾아오면, 연애에 실패하고 기운 없어 하고 있으면,

오전 04:21

수미

연애 때문에 왜 존재감까지 흔들려야 하니, 힘 좀 내라, 잘 살 수 있어, 지금까지 잘 살아왔어, 이렇게 토닥여주고 싶어지는 마음.

오전 04:23

민정

그 사람은 그런 사랑 해봤을까요?

오전 04:25

민정

그러니까 사랑이네요. 진짜. 펄떡펄떡 뛰는 활어 같다.

오전 04:26

 수미

그 사람이 초등학생 때 썼던 동시를 본 적이 있어요.

오전 04:28

민정

너무 너무 잘 썼어요?

오전 04:29

 수미

제가 휴대폰에 저장해뒀거든요. 보여드릴게요.

오전 04:30

 수미

제목: 나무는 바보

나무는 바보 여름엔 더운데 왜 옷을 입나
나무는 바보 겨울엔 추운데 왜 옷을 벗나
그렇게까지 자신을 희생하면서
인간에게 좋은 공기를 마실 수 있게 해주는
정말 좋은 바보 같은 나무

오전 04:36

 수미

여기 있었네요.

오전 04:37

민정

이거 보고 어땠어요?

오전 04:38

수미

초등학교 저학년 남학생이 나무를 보고 이 정도로 공감을 발휘할 수 있다니, 감수성 천재는 아니었을까! 참 착하구나!

오전 04:40

민정

근데 꼭 당신 보고 쓴 시 같은데요, 저는.

오전 04:42

민정

당신을 만날 줄 알고 예언한 것 같아요. 수미 씨가 저 나무 같은데. 바보 같잖아요.

오전 04:44

수미

그런 이야기야말로… 판타지처럼 들려요.

오전 04:45

민정

진짜로 수미 씨가 나무 같은 걸요. 그 사람한테는. 그 사람한텐 바보 맞잖아요. 어디 가서 모자라다는 소리 안 듣죠? 일 야무지게 잘 하죠? 그 사람 앞에서 만 바보가 되는 거잖아요.

오전 04:47

145

수미

그렇지만 사랑이란 게 워낙 비상사태 아닌가요?
평상시하고 같을 수 없잖아요.

오전 04:49

민정

저는 그렇게까지 사랑을 못 해봐서 그저 신기해요.

오전 04:51

민정

당신의 사랑에 비하면 저의 사랑은 다 그냥 연애였고
해프닝이었던 것 같아요. 늘 평상심을 유지했고.

오전 05:02

수미

민정 씨가 생각하는 사랑은 어떤 거예요? 민정 씨에
게 연애 관계라는 건 어떤 거죠?

오전 05:04

민정

그냥 처음에는 너무 좋죠.

오전 05:06

민정

근데 갈수록 그 사람의 단점이 보여요. 저 같은 경우
엔 그게 좀 급속하게. 지금은 혼자가 좋지만 한참 연
애할 때는 그 단점을 참을 이유가 없었어요.

그 사람을 차버리면 바로 다음 타자가 있었으니까.
대안이 많았죠.

내가 매력적이라서가 아니라 나는 눈이 아주 낮거든요. 남자의 연봉이나 돈이나 직업, 장래성 같은 걸 따지지도 않으니 대안이 많을 수밖에.

그러니 애써서 단점을 참고 서로 맞춰갈 이유가 전혀 없었죠.

오전 05:08

민정

물론 그러다 큰코다쳤고.

오전 05:09

민정

이걸 바람직하다고 생각하지도 않지만.

오전 05:12

 수미

단점을 '참아준다'는 게 내키지 않는 건가요?

오전 05:14

민정

거슬려서 참을 수가 없었어요.

오전 05:15

 수미

좋을 때는, 그 사람의 장점들이 좋은 거예요? 아니면 나를 대하는 그 사람이 태도?

오전 05:16

민정

당신이 나한텐 성모 마리아처럼 보여요.

오전 05:18

수미

절대 그렇지 않아요.

오전 05:19

민정

설마. 누가 봐도 성모 마리아라고 할걸요.

오전 05:20

민정

그 사람의 장점도 좋고, 그 사람의 태도도 좋고, 그 사람을 좋아하고 있는 나도 좋고. 근데 그 사람을 만나고 있는 내가 싫어지면 연애는 끝이죠.

오전 05:22

수미

다른 남자 만나보려고 중간 중간 안 해봤겠어요? 제게 관심 보이는 남자들에게 좋은 마음 가져보려고 했고 실제로 흔들리기도 했지만, 사귀기로 하면 늘 곧바로 후회해서 취소해버렸어요.

오전 05:25

수미

섹스하고 돌아오는 길에, 경솔했다며 사과한 것만도 몇 번이게요.

오전 05:27

민정

남자 입장에선 말이죠. 나랑 섹스해준 여자가 함부로 자서 미안하다고 사과하는 건 정말 신기한 경험일거라고 생각하는걸요.

오전 05:28

민정

그야말로 성모 마리아!

오전 05:29

수미

정작 성모 마리아는 섹스 없이 예수님을 잉태했잖아요.

오전 05:30

수미

저는 욕망덩어리에 불과해요.

오전 05:31

민정

근데 단순한 성욕은 아닌 것 같은데요. 남자들은 당신이나 나나 다 성욕덩어리로 보겠지만.

오전 05:33

민정

무슨 욕망덩어리라는 거예요.

오전 05:34

민정

대답이 없군요. 미스 욕망덩어리 씨. 다음에 이야기해요.

오전 06:01

우리 집에 놀러올래요?

10

―――――――――――― 3월 28일 ――――――――――――

수미

오 나의 절친, 마귀야. 됐어, 그냥 거기 있어.

그렇게 쓰다듬었을 민정 씨에게 말해주고 싶었어요. 우리 집에 와요. 우리 집으로 도망쳐요. 우리 집에는 이제 아빠가 없어.

물론 민정 씨 집에도 더 이상 아빠는 없겠죠. 그리고 나에게 아빠는, 처음부터 없었던 존재. 나의 탄생을 감격스러워하는 아빠, 내 머리를 쓰다듬는 아빠, 나를 지켜주는 아빠, 내가 고민을 털어놓는 아빠. 그 고민을 듣고 내 편이 되어주는 아빠. 그런 아빠들은 모두 다른 이들의 아빠. 나도 한 번 그런 아빠를 갖고 싶었던 적이 분명 있었지만 이제는 아니에요.

나는 이제 나에게 아빠가 없다는 사실이 좋아요. 좋은 아빠를 가진 적이 없었기 때문에 나는 아빠를 더 쉽게 외면하며 자랄 수 있었어요.

오후 09:31

152

수미

여덟아홉 살쯤 되었을 때, 처음으로 서울랜드에 가봤어요. 두 삼촌과 삼촌의 여자 친구들과 함께요. 삼촌이 내 오른쪽 손을 꼭 잡고 걷는 것이 좋아서 놀이기구는 타기도 전인데 신이 났어요.

손을 잡고 걷던 삼촌이 담배를 태우다 무심코 내 손을 잡고 있던 왼쪽 손으로 담배를 옮겼어요. 그러고도 몇 걸음 더 걸었죠. 엄지가 재색으로 부어올랐어요. 뜨겁고 따가웠는데 내 손을 잡은 어른의 큰 손이 풀어지는 게 싫어서 엄지를 손바닥으로 말아쥐었어요. 힘을 꽉 주니 별로 아픈 것 같지 않았어요.

금세 눈치챈 삼촌이 화들짝 놀라 연신 미안하다며 손을 좀 펴보라고 했지만 저는 계속 버텼죠. 괜찮다고, 아무렇지 않다고. 다치지 않았다고요.

모두가 나를 보며 눈을 동그랗게 뜨고 놀랐을 때 저도 놀랐어요. 순식간에 수치심이 확 끼얹어졌거든요. 아프다고 말하지 않고 참고 있었다는 사실이 까발려졌을 때, 인내가 그토록 거대한 수치심을 불러일으킬 줄은 몰랐어요.

오후 09:33

수미

잘 감춘다는 것은 찾아내주길 바라는 것은 아니에요. 저는 구몬 학습지를 책꽂이 뒤로, 코딱지를 위인전 페이지 사이로, 망친 시험지들을 피아노 가방 안에 잘도 숨겨뒀어요. 감추고, 되도록 방 안을 지켰죠.

153

방에서 놀았어요. 다만 엄마와 친부가 읽고 마음 아팠으면 좋겠다 싶었던 일기장은 늘 잠들기 전 방문 앞이나 머리맡에 두었죠.

물론 아무도 읽지 않거나 이따금 엄마가 어른 글씨체로 구구단을 외워라, 리코더 연습을 해라, 하는 따위의 상관없는 답장을 적어두긴 했어요.

오후 09:34

 수미

완전히 부재하고서는 살아남을 수 없는 것 같아요. 무엇이 부재했을 때는, 무언가 반드시 존재하기 위해 나타나죠. 훔쳐봐주길 바랐던 일기들이 실패하고 말자 훔쳐볼 수 없는 일기들이 늘어나는 것처럼요.

저는 다정한 부모 없이도 살아남기 위해서 아팠던 거 같아요. 나중에 제 일기 안에는 술집 여자에게 바치는 친부의 사랑 고백이라든가, 그 여자의 휴대폰 번호라든가, 엄마가 신경질을 낸 이유라든가, 그런 잡다한 것들까지 기록됐어요.

아무리 작은 것이라도 나를 아프게 할 수 있는 것이라면 놓치지 않았어요. 자꾸만 아프려고 비극을 짓는 것도, 생존 본능이라고 생각해요. 내가 뭐라고 이렇게 악착같이 살아남을까요.

가끔은 제 자신이 징그러워 불을 끄고 샤워해요. 오줌을 싸고 똥을 누고 배고파하는 나를, 못 견딜 때가 있었어요.

오후 09:37

154

수미

지난 밤 꿈속에서 그가 내게 먼저 문자를 보내왔어요. 정말 기뻤어요. 꿈에서도 문자를 보고 가슴이 두근두근 뛰었어요.

잘 지내고 있느냐고, 이제 내가 보고 싶지도 않느냐고, 물어보는 짤막한 그의 문자에 저는 다급하게, 보고 싶다고! 늘 보고 싶다고! 서둘러 답장을 보냈어요.

깨어나니 마음이 아프고 서러워요. 찾아온 것도, 통화도 아니고 문자 한 통이었을까. 그게 그렇게 행복한 일이라는 게 서러웠어요.

오후 09:45

수미

내일이면 3월 29일인데. 3월 30일에도 나는 그를 좋아하고 있을까요.

산다는 건 불행한 예감으로 가득해요. 내일의 마음을 어렴풋이 예감한다는 게 슬프고 외로워요.

이제 그를 그만 좋아하면 나는 전혀 다른 사람으로 살게 되는 걸까요. 그를 좋아하지 않는 나는 어떤 모습의 누구일까요.

온전한 내가 어떤 사람인지 모르겠어요. 그런 나는 없는 것 같아요.

나는 이제 앞으로, 어디에도 없는 사람이 되어버리는 걸까요.

오후 09:48

수미

저는 이따금씩 그에게 쓸모없는 말을 걸곤 했어요. 이쪽에는 눈이 왔어, 비가 왔어, 우박이, 폭풍이, 태풍이 왔어, 지진이, 화산폭발이 났어. 날씨에 대해 문자를 보내요.

정말 비가 올 때도 있고, 비가 오지 않을 때도 있어요. 뭐라도 그에게 말 걸고 싶은 외로움이 사무칠 때 문자를 보내요.

대답이 없어도 상처가 되지 않을 이야기들이잖아요. 그는 그 문자를 읽고 거기에는 비가 오나 보다, 하고 문자창을 닫아버렸겠죠.

하지만 그는 비가 온다는 내 말을 들었을 거예요. 그걸로 됐어요.

오후 09:55

수미

아직도 떠올리면 가슴 떨리는 어떤 장면들.

등 돌리고 잠든 그의 맨 허리를 두 팔로 살며시 끌어안으며 그의 등허리에 얼굴을 묻으며 잠들려는데, 그가 잠결에 나를 향해 몸을 돌려 내 머리를 꼭 끌어안고 정수리 위에서 고요히 숨 쉬는 어느 순간, 내 오른 손을 자신의 두 손으로 꼭 붙잡고 빤히 나를 보다 힘 내라고 연신 손등을 쓰다듬는 어느 순간, 그와 나의 아기가 내 뱃속에 있고 자꾸만 무릎에 누워 배에 귀를 대보려는 순간.

끝도 없는 생각의 날들. 마음이 좋았다가 금세 다시 아파오는 날들. 말들. 무의미한 다짐과 약속들. 하지만 그 순간만큼은 언제나 진심으로 넘치는 말들.

너를 좋아하게 됐어, 다른 여자는 이제 안 만날 거야, 그냥 이렇게 계속 만나자, 네가 없었다면 나는 어떻게 살았을까.

오후 10:10

수미

시간을 돌이키고 싶지도, 기억을 지우고 싶지도 않아요. 그저 이대로일 뿐. 죽을 때까지 살아갈 뿐. 그리고 그가, 인생 처음으로 사랑하는, 결혼하고 싶은, 지켜주고 싶은 여자를 만났을 뿐.

행복해하는 그의 뒤에서 지난날들이나 회상하며 아침에 눈 뜨자마자 울고 있는 내가 싫어요. 저는 왜 평생 이런 역할만 맡죠? 아니에요, 저는 그를 방해하고 싶지 않아요.

오후 10:13

수미

단지 저는 지금 내가 몹시 귀찮아요. 내가 나한테, 사는데 자꾸 방해가 돼요.

157

저는 몇 번이고 그를 잃어봤으니 특별히 슬플 게 없어요. 다만 죄책감이 그치지 않고 나를 붙잡아요.

오후 10:15

 수미

오늘은 다시 그가 행복하게 잘 살았으면 좋겠어요. 잘 살다가 갑자기 불행해지고, 문득 나에게 한 번쯤 사과하고 싶어졌으면 좋겠어요.

그가 아무것도 잊지 않고, 나를 기억할 때마다 마음이 불편했으면 해요.

오후 10:17

 수미

길 가다 날 마주치면 몸 가릴 곳이 없어 몸 둘 바를 몰랐으면 해요. 그리고 나는, 몸 둘 데를 몰라 허둥대는 그를 피하지 않고 가만히 보고 싶어요.

오후 10:19

 수미

마음이 치매 같아요. 자꾸만 바로 앞에 했던 말들과 엉키고 있네요.

저요. 가끔 제가 말이 너무 많다고 생각했는데, 이렇게 떠들고 보니 자주 말이 넘치고 있다는 생각이 들어요. 순식간에 다시 외로워요.

오후 10:22

 수미

그렇지만 걸레로 산다는 것과 그저 그런 부모는 말이에요, 별로 상관없어요. 걸레로 보이는 당신과 내가 우리 모습의 전부가 아닌 것처럼요.

저는 어제 걔랑 자고 오늘 쟤랑 잘 수 있겠지만, 그게 걸레는 아니겠죠. 사실 걸레 본연의 모습 자체가 없 잖아요. 어떤 열쇠가 맞는지 민정 씨가 계속 문이 열 릴 때까지 맞춰보던 것. 열어보려고 애쓴 거, 사람들 참 쉽게 생각하네요.

세상에 그렇게 마음을 들여다보려는 것처럼 어려운 일도 없는데.

오후 10:25

 수미

그동안 다른 남자들도 하루 이틀씩 만나본 적 많았어 요. 외로울 때 다가와 다정하게 말하고 네 상처를 다 들 어주고 싶다고 말하는 남자들이 생각보다 많거든요.

남자들은 의외로 따뜻하고 말을 잘 해요. 그 순간이 자주 오지 않아서 그렇죠. 이 남자라면 남들처럼 평 범한 연애를 할 수 있을까? 내가 이 사람을 사랑할 수 있을 것 같은 기분에 도취되죠.

술자리 두세 시간 만에 그런 환희에 찰 때도 있어요. 이제 나는 그를 끊고 새로운 사랑으로 나아갈 수 있다!

하지만 매번 마음이 싸늘히 식어버리고 말아요. 믿을 수 없는 속도로 차가운 온도가 되어서 통화조차 거북 한 마음이 들어버려요.

오후 10:27

159

수미

내가 걸레라고 생각하고 섹스한 남자는 아마 없을 거예요. 나와 자고 나서 나를 걸레라고 말하고 다닌 편이 더 쉬운 사람들은 있었겠죠.

오후 10:29

수미

민정 씨는 마귀가 아니지만 민정 씨 곁에 마귀가 머문다면, 거기 있으라고 해주잖아요. 어느 누가 그럴 자신 있나요. 나를 온전히 지켜낼 자신 말이에요. 열쇠는 아직 못 찾았어도, 민정 씨는 자신을 잘 지켜내며 여기까지 왔다고 생각해요.

누가 내게 오는지보다, 내가 누구인지부터 잘 살피고 있는 사람이 아마 앞으로의 인생, 좀 더 수월하지 않겠어요?

골목에서 민정 씨의 가슴을 움켜쥐던 그 미친놈으로부터, 안찰하는 아버지로부터, 그에게 협조하는 어머니로부터, 맞지 않는 열쇠였던 남자들로부터, 온전히 민정 씨 자신으로서 여기까지 온 거 수고 많았어요. 여기까지 와줘서, 내 얘기 들어줘서 고마워요.

오후 10:33

억울해도 말해서는 안 돼. 아무도 듣지 않을 테니까.
창피당하지 말고 조용히 해. 아무 일 없던 것처럼 그렇게.

모란, 〈I'm not OK〉 중에서

내 친구의 집은 어디인가

11

---------- 3월 29일 ----------

민정

나 역시 아무 자신도 없어요. 마귀를 심장 속에 넣어두고 온전히 나를 지켜낼 자신이.

어쩌면 마귀는 그날부터 거기 있었고, 내 심장 속에 단단히 뿌리를 박고 내가 마시는 술, 내가 누리는 절망, 내가 나를 얼마나 하찮게 여기는지를 양분으로 삼아 날마다 튼튼해지는지도 모르죠. 그리고 내가 온전히 스스로 여기까지 왔는지, 나를 지켜냈는지도 전혀 알 수 없어요.

난 솔직히 말하면 내가 온통 구겨지고 구멍이 난 누더기처럼 느껴지거든요. 물론 그렇게 느끼기 위해서는 몇 번의 사건이 있었지만, 어쨌거나 이번에 당신의 카톡, 전혀 모르는 타인을 향한 고맙다고 한 그 카톡을 읽고서 난 죄책감이 들어요. 당신에게 사과해야겠어요.

오후 09:21

사실 나는 전혀 다정하지도 않고 따뜻한 사람도 아니에요. 그냥 술에 잘 취하는 수다쟁이일 뿐이죠. 수미 씨가 나를 좋은 사람으로 여기는 것 같은 느낌이 와서 얼른 변명하는 거예요.

처음에 긴 답톡을 보냈던 것도, 그다음에 당신에게 짓궂은 질문을 던졌던 것도, 당신의 긴 연애사를 들었던 것도, 일일이 대꾸했던 것도, 당신의 아버지 이야기에 내 아버지 이야기로 대답한 것도 그냥 다, 술에 취했기 때문이에요.

나는 술을 마시면 다정해져요. 뭐든 받아들일 수 있고, 뭐든 이야기할 수 있고, 얼마든지 따뜻한 사람이 될 수 있어요. 하지만 술병을 놓으면 이 세상과 나를 지켜주던 투명한 벽이 사라져버린 것처럼 느껴요.

술을 마셨을 때 나는 당신이 보낸 카톡을 읽고는 마치 소중하게 쓴 편지를 깨끗한 소주병에 담아 해운대 앞바다에 띄워보낸 병을 발견한 기분이었어요. 미안해요. 당신은 나의 흥밋거리였어요.

오후 09:25

술을 마시면 나는 어느 남자에게도 쉽게 마음을 열고, 몸도 잘 열죠. 눈도 한없이 낮아져요. 어느 누구의 이야기도 다 흥미롭게 느껴지고 모든 이야기를 다 다정하게 들어줄 수 있는 사람이 되어버려요. 실제로는 그런 사람이 아닌데도.

지금 미안한 것은, 당신이 전혀 타인인 나와의 우연한 카톡에 그렇게 진지했는데 내가 술을 마시고 당신과 이야기한 것이 마치 흑인 아이가 심심해서 집 밖에 나와 의미 없는 랩을 하는 것처럼, 동네 할아버지가 가사도 잘 생각나지 않는 뽕짝을 흥얼거리는 것처럼, 무성의하게 느껴져서 그래요.

사실 무성의하진 않았지만 괜히 그런 가책이 느껴져요. 하지만 나 자신에게도 특별한 성의가 있는 것도 아니니 조금 용서해줘요.

나는 술을 마시면 방어 기제가 느슨해지고, 남에게 무성의하고 다정해지는 만큼 (당신은 아마 이 모순적인 말을 이해하겠죠?) 나에게도 다정하게 무성의해지죠. 나는 그렇게 아무나 사랑하고 아무한테나 버림받았어요.

오후 09:27

민정

어쩌면, 우리 두 사람은 우연히 자존감이란 게 바닥인 여자들이 어쩌다 연결되었기 때문에 전혀 모르는 사이인데도 이런 긴 이야기를 나누고 있는 것인지도 모르겠어요.

자존감이라. 어디 마트에라도 팔면 대용량으로 사올 텐데. 자기 자신을 소중히 대하라고요? 웬걸, 나는 나를 무성의하게 대하고 싶어요. 인생이란 게 너무 무서워서, 마귀를 어깨에 올려놓고 사는 게 무거워서, 나는 좀 더 나를 함부로 대하고 싶어요. 그리고 나에게는 나를 함부로 대할 자유가 있다고요.

사람들이 나에게 자신을 아끼라고 충고할수록 나는 나를 막 대하고 싶더군요. 그리고 자신을 아낀다는 사람들의 삶도 특별히 고귀해 보이진 않았어요. 그래 봤자 저축을 열심히 한다거나, 앞날이 촉망되는 남자와 적절한 교제를 한다거나, 그뿐이잖아요?

열대 우림이나 멸종 위기의 고래를 구하는 것도 아니면서 그렇게 고결한 얼굴로 설교할 권리는 없다고요.

민정

심지어 '나는 나를 파괴할 권리가 있다'라고까지 주장한 소설가도 있고. 마약도 아니고 고작 소맥 정도에, 내가 나를 좀 막 대하겠다는데. 모든 사람이 원하는 모범적인 삶으로 편입되길 원하거나 그렇게 살아가는 사람들이 나에게 충고할 때는 가끔 욕지기가 나와요.

아마 그 욕지기는 마귀가 시키는 것인지도 모르죠. 그때 마귀에게 머물라고 말하지 않았더라면 나도 아마 대기업 같은 데 다니는, 비전 있는 남자와 적어도 일곱 번은 데이트를 한 다음 얌전히 잠자리를 갖고, 밀고 당기기를 하면서 작년쯤에 결혼했을지도 모르겠죠.

하지만 모두가 나를 떠나도 마귀만이 나를 떠나지 않는 거예요. 그리고 술을 더 마시라고 권하죠. 나에게는 그 권유를 차마 거절할 힘이 없어요.

그리고 사실은 솔직히 말해야겠군요. 그 사랑이라는 게 뭔지, 나는 아직도 알 수 없기 때문에 당신이 마치 아름다운 괴생물체처럼 느껴졌어요. 기묘하면서도 신기하고, 그러면서도 알고 싶은 신비로운 괴물 같았어요.

오후 09:42

민정

다른 얘기지만 나는 음식을 아주 좋아해요. 당신은 어떤 음식을 좋아하나요? 역시 주정뱅이다 보니 주로 안주를 좋아한답니다.

막창, 곱창볶음, 간천엽, 닭간이나 닭내장, 이렇게 몸속에 있는 것들을 좋아해요. 돼지껍데기는 예외지만요.

구운 것보다 매콤하게 볶은 돼지껍데기를 좋아해요. 꽁치를 먹어도 내장을 파먹는 걸 좋아하죠. 비오는 날 막걸리에 순대국을 먹는 것도 좋아해요.

막걸리 이야기를 하니 삼합도 빼놓을 수 없네요. 이렇게 음식을 먹는 것도 좋아하지만 토해버리는 것을 더 좋아하죠.

오후 09:50

민정

살이 찌는 문제보다 배가 부르고 몸이 불편한 느낌이 싫은 거예요. 뚱뚱하다는 소리는 듣지 않을 만큼 적당한 몸매를 유지하고 있긴 하지만요.

어쨌거나 그동안 익힌 기술로 나는 말 그대로 배가 터

질 때까지 먹고 아주 능숙하게 토해버릴 수 있어요. 맛있는 건 좋지만 배부르고 불편한 건 싫은 거죠. 사람들은 이런 걸 알면 폭식증이다, 치료가 필요하다, 카렌 카펜터즈라는 가수도 그런 병으로 죽었다, 뭐 자기가 아는 의학적 지식을 갖다 대겠죠.

하지만 이건 내 취미예요. 원래부터 이런 취미가 있었던 건 아니고, 당신만큼은 아니라도 열렬하게 사랑했던 어떤 남자가 내 인생을 갈갈이 찢어놓은 다음부터는 말 그대로 먹고 할 일이 없어서, 토하기 시작했죠.

토하고 나면 기분이 좋아요. 어지러워지면서, 불면증에도 좀 도움이 돼요. 기운이 하나도 없어져서 잠들기 좀 더 쉽거든요. 좀 많이 먹어야 토할 수 있기 때문에 식비는 지출이 좀 있지만요.

오후 09:52

민정

맥주를 섞으면 더 잘 토할 수 있어요.

내가 사랑했던 그 남자에게 나는 말이죠. 맥주를 섞은 통닭 같은 존재였던 거예요. 맛은 있는데, 기름기에 배부르고 불편한 건 싫었기 때문에 손가락을 밀어넣는 것만으로 간단히 나를 변기에다 토해버리고 가차 없이 물을 내려버린 거예요. 나는 아직까지 그 변기 파이프 아래, 토사물과 오물과 용변이 섞인 그 자리에 있는 기분이에요. 어깨에는 마귀를 한 마리 얹고 말이죠.

당신에게 사랑에 빠진 적 없는 척, 쿨한 척했는데 더 이상은 숨길 수가 없군요. 그건 내가 맨 정신이기 때문이에요. 그리고 사실 내가 당신에게 그런 사랑은 그만둬라, 자기를 아껴라, 하고 말할 수 없는 이유이기도 하죠.

나는 당신이 생각하는 만큼 내 자신을 온전히 보존해온 사람은 아니지만, 적어도 당신을 비난하지 않을 만큼은 알 것 같아요. 우리가 만약에 양손을 맞잡고 있다면 하나는 슬픔이고, 하나는 고독이겠죠. 세상의 다른 여자들은 어떨까요? 과연 우리가 팔자가 드센 편일까요? 아니라면 농담이겠죠?

하여튼 앞으로는 당신이 카톡을 한다면 맨 정신으로, 술을 먹었더라도 최대의 진심으로 답하도록 노력하겠어요. 당신이 사랑하는 사람이 당신에게 찾아와서 역시 너만을 사랑해, 너밖에 없어, 라는 꿈은 내가 오늘밤 대신 꿔줄게요.

오후 10:21

당신에게 일어나기 전까지
이게 어떤 느낌일지 모를 거야.
당신은 몰라.
현실이 아니었으면 해.
아니, 현실이 아닐 거야.

Lady GaGa, 〈Til it happens to You〉 중에서

나의 아주 깊숙한 방

--- 4월 8일 ---

민정

좀 오래 답톡이 없었던 걸 보니 당신은 바쁜가 봐요. 아니면 요즘 술을 잘 먹지 않는가. 난 일주일 동안 동네의 술집을 전부 가서 섭렵하느라 바빴어요. 책 한 권 들고 가서 뻔뻔히 한 사람이요, 하고 말할 수 있는 그런 집들 말이죠.

해장국집, 순대국집, 그런 밥집 반주가 그나마 싸게 먹혀요. 당신도 알겠지만 술 한번 마시기 시작하면 통장 거덜 나는 게 순식간이잖아요?

그러면 집에서 포테이토칩에 맥주나 마시면 되지 않는가, 라고 생각하는 사람이 많지만 나에게 술을 마시러 그 장소까지 가는 시간은 엄정한 의식에 포함되죠. 마키아벨리가 책을 읽으러 갈 때 늘 선현들을 경외하는 마음에 의관을 정제하고 갔다는 이야기처럼. 집에서 텔레비전 앞에 앉아 혼자 마시는 건 싫어요.

오전 03:10

그렇다고 인스타그램에 올릴 것처럼 테이블 매트를 깔아놓고 맛있고 예쁜 안주를 만들어 먹을, 즉 덜 구질구질해질 능력도 없으니 나갈 수 밖에요.

사실 그런 집들의 익명성이 좋아요. 이 동네 술집 아줌마들은 다 나를 알겠지만요. 그래도 나를 키운 건 팔할이 술집 아줌마였다는 생각이 들어요.

김치를 더 갖다 주고, 자투리 안주를 먹여주고, 가끔 힘든 일 있느냐고 세상일 다 그게 그거라고 말해주던 술집 아줌마들. 아, 그러니까 '이모'들이 나를 키웠네요.

오전 03:12

내가 하고 있는 일이 좀 널럴한 일이고, 대신 돈도 적게 받는 일이기 때문에 그런 거겠죠. 전에는 월급은 그리 많지 않아도 복지가 보장된 대기업에 다녔어요.

거길 그만두고 시시껄렁한 사보를 만드는 조그마한 회사에 다니고 있다는 건 그야말로 남들 보기엔 미친 짓이겠죠. 나도 미친 짓이라고 생각해요.

하지만 어쩔 수 없는 이유가 있었어요. 그 덕택에 나는 수미 씨가 하는 말들을 이렇게 새벽에 갑자기 벌떡 일어나 생각할 수도 있으니, 뭐 좋은 게 좋은 거 아니겠어요.

수면제를 일찍 먹으면 이렇게 어이없는 시간에 눈이 번쩍 떠지곤 해요. 일찍이라고 해봤자 밤 10시 넘어서인데, 새벽 3시면 운동을 하기에도, 반찬을 만들기에도, 일을 하기에도 다 좀 머쓱한 시간이에요. 이럴 때는 당신과 나눈 톡 생각을 자주 한답니다.

주로 내 주제는 이거예요. "어떻게 사람이 그렇게까지 사람을 사랑할 수가 있을까?"

오전 03:18

민정

수미 씨. 난 정말 궁금해요. 당사자로서는 어떻게 생각하나요? 어떻게 그렇게까지 사람을 사랑할 수가 있어요? 돌려받지 못할 걸 알면서도. 저번 톡에도 당신이 아름답고 기괴한 괴물같다는 생각을 했지만 사랑을 하지 못하고 있는 나는 야만스러운 괴물 같아요. 나도 딱 한 번, 한때는 당신 같았던 적 있었어요. 아, 신파조로 넘어가는군요. 평생 한 번만 사랑이 허락되는 여자들, 뭐 이런 식으로. 설마 그런 건 아닐 거예요. 아니겠죠? 그러기엔 우리 남은 인생이 너무 길어요.

오전 03:20

민정

수미 씨는 그 사람 빨아주고, 핥아주는 게 좋았다고 했죠.

난 보통은 그게 싫었어요. 내가 처음 성악설을 믿게 된 게 남자 정액 냄새를 맡고 난 후였다고요. 밤꽃 냄새는 무슨, 여자 거기에서는 조개젓 냄새가 난다는 둥 하면서 자기네 거에서는 꽃 냄새가 난다니 큰 착 각이에요!

처음 남자 정액 냄새를 맡아봤을 때 그 끈끈한 계란 흰자 같은 데서 나는 이상하게 역겨운 냄새가 평생 잊지 못할 추억이었어요. 아, 이런 것에서 인간이 태 어났으니 우리가 선한 존재일 리가 없지, 하는 아주 확실한 생각이 들더라구요.

하지만 나도 누군가의 정액을 삼켜본 적 있어요. 남 자가 머리를 구역질이 날 정도로 제 것에 디밀어서 억지로 사정을 당하는 것 말고, 내 자의로.

당신과의 톡을 보니 나도 그런 적이 있었구나, 하는 생각이 들었어요. 그때는 스스로 한 행복이었죠.

오전 03:24

민정

하지만 그 사람은 별로 그렇지도 않았을 거예요. 처 음 섹스 전에 그러더군요. 자신은 남자로서 누려볼 성적 기쁨은 다 누려봤으니 자기 즐겁게 하려고 너무 애쓰지 말라고.

섹스는 여자가 자신을 즐겁게 해주는 것이라는 그 오 만한 정의에는 그가 돈을 낸 섹스가 너무 많았다는 뜻이 내포되어 있었어요.

만약 그의 이름을 '철수'라고 한다면 '장안철수' 이런 식으로 집창촌을 쫙 꿰고 있는 사람이었어요.

지금 그러고 다니는 것도 아닌데 내가 웬 상관인가, 라고 생각했지만 정말이지 몸에는 흔적이 남더군요.

나는 돈 내고 섹스하는 것이 뭔지 몰랐어요. 하지만 그의 섹스를 보자, 돈 내고 섹스하는 게 뭔지 알겠더군요.

오전 03:30

민정

마치 나를 어디서 만난 창녀처럼 취급한달까. 어떨 때는 그것만이 그를 흥분시키는 점인 것 같았어요. 내 귓가에 대고 달콤한 속삭임이 아닌 욕설을 하는 것 정도는 괜찮았어요.

섹스와 폭력은 아주 강하게 결부되어 있어서, 두 가지가 가끔 괜찮은 상승효과도 내잖아요? 하지만 내 이름을 부르지 않고 엉덩이를 툭툭 치면서 어, 오늘 잘 탄다, 어 너 오늘 잘 친다, 오 좋아, 잘 한다, 라고 연속해서 말할 때는 황망했어요.

그때 나는 비로소 느꼈던 거예요. 그가 지금 나와 몸을 합치고 있긴 하지만, 그 모든 여자와 다 합치고 있는 순간이라는 것을. 물론 그 생각을 하면서도 그가 흥분이 식지 않도록 계속 엉덩이를 흔들면서 그 말들에 경악했죠.

그래요. 나는 거기까지 떨어져본 사람인 거죠. 그는 특히 여성 상위를 좋아했어요. 이유는 귀찮기 때문이래요.

178

그럼요. 돈만 내면 뭐든 다 해주는데 귀찮았겠죠. 그를 즐겁게 해주기 위해서 나는 열심히 연습했어요. 덕분에 대퇴부 근육은 좀 늘었죠.

그래도 나는 사랑도 잘 모르고 섹스도 잘 모르는 것 같아요. 그러면서 당신의 이야기를 들을 자격이 있을까요? 당신의 이야기를 들으면서 이 세상에 이런 사랑도 있나, 하고 생각하는 나는.

오전 03:40

그 사람의 유전자

13

――――――― 4월 10일 ―――――――

수미

빗길에 휴대폰을 떨어트렸어요. 휴대폰은 두 번 다시 켜지지 않을 것처럼 막막한 채로 분해되어 있었습니다.

며칠 답장을 하지 않은 시간 동안, 그 막막한 휴대폰처럼 저도 그렇게 가만히 멈춰 있었어요.
제가 하는 게 사랑이 맞나요. 내 안에 텅 빈 공간으로부터 시작된 어떤 강렬한 욕망의 형태인 건 아닐까요. 특정한 대상이 아니라 어떤 대상만이 필요한 것은 아닐까요.

가끔 생각해요. 사람들은 무엇 때문에 산다고 생각할까. 사랑 때문에 죽은 사람의 얼굴을 정말로 사진첩에서 찾아본 사람이 있을까. 쉼보르스카 시인의 말처럼요. 없을까, 사랑 때문에 죽은 사람은 정말 없을까.

휴대폰 액정에 금이 하나 더 생겼어요. 한 줄이 섹시했는데 말이에요.

오후 09:30

수미

돌이킬 수 없다는 건 이런 거겠죠. 핸드폰 액정 전체를 바꾸지 않는 한, 액정의 금은 계속 더 생기는 일밖에 남지 않았어요. 더 이상 벌어질 수 있는 일이란 건 그런 것들뿐.

나쁘고, 더 나쁘고, 더, 더 나쁜 일들. 폭우였어요. 밤새도록 천둥 번개가 쳤죠. 빛의 속도에 대해서 생각해봤어요. 빛의 속도라니. 느끼기 힘들잖아요. 마음처럼. 마음이 움직이고 돌아다니는 동선처럼.

오후 09:31

수미

어차피 시작한 이야기니 해버릴게요. 어제 낮, 휴대폰에서 한 사람의 번호를 지웠어요. 그와 통화를 마치고 수십 분이 흐른 뒤였어요. 난 그의 번호를 외우지 못하니 아마도 이제 연락할 수 없을 거예요. 연락을 안 하려고 번호를 지웠는데 마치 내가 거부당한 것처럼 가슴이 저렸어요.

지운 것은 그의 쌍둥이 형 번호예요.

괜찮아, 뭐가 괜찮아, 이런 식의 혼잣말이 전보다 늘었어요. 버스 안에서 문득 아, 하고 작은 탄식이 터져요. 마치 틱 환자처럼 무의식적인 표현이 의지를 넘어서요. 존재감에 대해서 생각하다가 집어치웠어요. 먼지나 농담에 대해 생각해보려고 했어요.

오후 09:35

수미

그러다 다시 집어치우고 파스타 면을 삶기로 했어요. 소스를 어떻게 하면 좋을지는 면이 삶아지는 7분 동안 생각해보기로 하고. 늘 쓸데없는 생각을 하느라 아무것도 못 했나 싶어요.

나란 사람이 누구에게든 아무것도 아닌 채로 가볍게 살고 싶었는데 정말 아무것도 아니라는 생각이 드니 슬픈 것은, 정말 죽도록 아무것도 아니고 싶지 않았던 거겠죠. 잊기로 한 사람을 증오하거나 미워하면 안 돼요. 그러면 절실함이 떠나지 않거든요.

오후 09:39

수미

그의 쌍둥이 형이 나를 좋아하고 있다는 것은 한참 전에 알고 있었어요. 작년도 재작년도 아니고 그보다 더 전의 언젠가부터 알고 있었는데, 저는 모른 척했어요. 그리고 나의 그도, 형이 나를 관심 있어 한다는 것을 알았지만 모른 척했어요.

형은 제가 동생을 좋아했다는 것은 알았는데 그 외의 일은 전혀 모르는 듯했어요. 우리는 아무도 그 이야길 입 밖에 꺼내지 않았어요. 마치 우리 둘의 관계를 묻지 못하는 것처럼. 형과 동생은 쌍둥이답게 모습은 비슷했는데 성격이 전혀 달랐어요.

하지만 그 성격이라는 것도 사실은 나를 대하는 태도에 국한되었다고밖에 말할 수 없지만요.

오후 09:40

수미

형은 대부분 다정하고 차분한 사람이었죠. 어디서 뭐 하는지 묻곤, 그 어딘가로 불쑥 찾아오기도 했어요. 내가 혼자 밥을 먹는 식당으로, 혼자 영화를 보기 위해 기다리는 영화관으로, 카페로요. 밤 12시쯤 술에 취해서 뭐하냐고, 어디냐고 묻는 게 아니고요.

내가 이 사람을 먼저 알았다면 나는 이 사람과 사랑에 빠졌을까. 늘 궁금했어요. 왜 하필 그의 형일까. 형을 만난 다음날이면 어김없이 마음이 어수선해졌어요. 그러던 그가 얼마 전에 기어코 참았던 말을 뱉은 거예요.

나를 좋아한다고. 그 말이 얼마나 그렇게 어려웠는지는 저도 알 것 같았어요. 그 마음 안에 들어가본 적은 없지만, 그래도 그냥 알 것 같았어요.

오후 09:42

수미

어떤 사람과의 기억은 오래되고 사소하더라도 지워지거나 흐려지지 않아요. 한 번 어두워진 영혼은 두 번 다시 그림자가 걷어지지 않아요. 그냥 그 사람의 기질이 되고 말죠. 마음으로 하는 일 중에서 가장 괴로운 것은 자책이 아닐까요. 몇 년 전에 미처 놓쳤던 죄책감을 이제 와 새삼 챙기고 있어요.

사람들은 무슨 힘으로 먹을까, 잘까, 할까. 그런 생각을 하다가 사실은 힘이나 의지 없이도 무궁무진한 것들을 먹고, 싸고, 저지르고 만다는 걸 내 경험에 비추어 생각했어요.

아무 힘이 없다면서 잘도 죄를 저지르고 다녀요. 그 힘은 어디서 구했을까요. 힘이 없이도 잘도 살아남아서 이건 좀 징그러운 게 아닌가 싶었어요.

오후 09:46

수미

마음 붙일 곳, 부칠 곳, 부딪칠 곳… 마음을 저쪽으로 붙여요. 부쳐요. 부딪쳐요. 그중 어느 것도 아니기는 해요. 어수선함에 부대껴. 제게 마음이 있긴 한 걸까요. 도대체 어디에.

오후 09:51

수미

그는 태어나서 처음으로 사랑을 느꼈다던 여자와 헤어지고, 술 먹고 나와 몇 달 만에 섹스했어요. 이 담백하고 간결한 문장 뒤에 오는 나 혼자만의 정적.

그는 이제 다시 내일의 일상으로 살아가겠죠. 거기 나는 없을 거예요. 이제 다시 나를 찾지 않을 수도 있고, 당분간은 다시 이렇게 찾아올 수도 있겠죠. 알 수 있는 건 아무것도 없어요.

나는 그를 추측하려하지 않아요. 나는 차라리 그를 막

막해하려고 해요. 비가 오는 것을 멈출 수 없는 것처럼. 번개를 사람의 의지로 멈추게 할 수 없는 것처럼.

오후 09:53

 수미

첫 번째 청춘이 지나가는 사이, 나는 가진 것도 없으면서 점점 더 잃기만 하며 남부끄럽게 살고 있는 거예요. 이런 나를 이해할 수 있나요? 이런 내가 아름다울 수 있나요? 이런 나를 고백할 수 있을까요? 이런 내가, 다른 사랑에 빠져도 되는 걸까요?

사람에게 사랑이 아닐까 흔들릴 때마다, 저는 위협적인 죄책감에 시달려요. 또 다시 위경련이 시작될 것만 같아요. 의사는 내 증상을 낫게 할 약을 지어줄 수 없어요. 나는 구제할 수 없는 덩어리에요.

오후 10:11

가장 평범한 섹스

14

───────────── 4월 12일 ─────────────

민정

당신과 사랑이라는 이야기를 그렇게 많이 나누다 보
니 어렴풋이 옛 생각이 났어요. 여자에게 좋은 섹스
라는 건, 격정도 좋고 열정도 좋지만 행위 중에 웃을
수 있는 게 아닐까, 하고 난 생각해요.

풋, 하고 헛웃음이 나오는 것 말고 바지를 벗다 지퍼
가 어딘가 걸리고, 콘돔이 꺼내다가 찢어지는 머쓱한
상황에서 깔깔 웃을 수 있는 것. 나만 그런가요?

오후 11:20

민정

여자들의 섹스는 반쯤 강간으로 시작되지 않나요?

넌 원했어, 너 원했잖아, 하고 최면처럼 듣게 되는 그
런 주문으로부터 시작되지 않나요? 난 그랬어요. 아
직 십 대였고, 나이가 한참 많았던 남자는 이렇게 말
했죠. 잠깐만 넣었다 뺄게, 라니. 지금 생각하면 피
식, 하고 웃음이 나요.

190

잠깐만 넣고 조금만 넣는 게 어디 있어요? 그건 마치 조금 임신하는 것 같은 이야기잖아요. 조금만 넣어볼게, 넣고 조금만 가만 있을게, 나 조금만 움직일게, 어이쿠! 이런! 섹스를 해버렸네! 그땐 아직 몰랐어요. 남자들이 자기 고추를 위해서는 어떤 말이라도 할 수 있다는 걸.

누가 섹스를 하자고 하면 나는 저절로 얼굴이 굳어져요. 서른이 넘고 나니 일로 만난 남자들까지도 노골적으로 한 번 하자, 이런 식으로 많이 나오더라구요.

어차피 너도 뭐 좋게 말해 농익은 나이고 알 거 다 알잖아? 너 쿨하잖아? 자유분방하잖아?

내가 쿨한 게 너랑 잘 거란 이야기는 아닌데. 내가 성적으로 개방적인 게 너한테 개방할 거라는 얘기는 아니다. 이 쉬운 걸 왜 그렇게도 모르지? 내가 쿨한 건 너랑은 만분의 일도 상관없는 이야기인데.

오후 11:22

민정

확성기로 소리쳐줘도 몰라요. 그런 사람들이 꼭 이러죠.

그런 남자들은 일부에 불과해. 그래, 살인범도 인류의 일부에 불과하지.

어쨌든 섹스에 대한 이야기들은 내 얼굴을 자꾸 굳어지게 해요. 이십 대를 떠올려보면 나는 섹스를 하는 데보다 섹스를 거절하는 데 더 많은 에너지를 쓰면서 살아왔어요. 노골적이든 돌려 말하든 한 번 하자, 싫어! 싫어! 싫다고!! 이렇게 외치면서 보내는 동안 언제 사랑을 할 수 있었겠어요.

우리가 만난 적은 없지만 내 외모는 뭐랄까. 조신해 보이지는 않아요. 몸이 드러나는 옷을 좋아하고 센 화장을 좋아하죠.

근데 그게 누구랑 쉽게 잘 거란 이야긴 아닌데, 그런 사인으로 받아들이는 사람이 엄청 많더라고요. 그리고 간혹 마음이 맞는 사람이 있었을 때, 그들은 나를 거쳐 조신한 여자에게 정착하더군요.

가벼운 마음으로 갈아탈 수 있는 환승역 같은 노릇을 그리 오래 했는데 언제 사랑을, 사랑한다는 말을, 할 수 없었죠.

오후 11:24

민정

이건 기술자네, 싶을 만큼 잘 하던 사람은 기억나네요. 나를 웃게 만들 수 있는 사람은 잘했다는 이야기예요. 난 다정한 말을 하기 전에 늘 머쓱해지는 성격이기 때문에, 방금 너무 좋았어요, 라고 하지 못하고 그 사람 손을 꼭 쥐고 늘 그렇듯 너스레를 떨며 말했죠.

"어휴, 이건 아주 어탁을 떠놔야겠어요. 맨날 밥 먹고 연습만 했나." 실없는 농담이 통하는 사람만큼 내게 구원받았다는 느낌을 주는 사람은 드물어요.

깨끗해 보이는 햇살이 창으로 비치는 모텔 침대에서, 그는 배가 터져라 웃더군요. 나는 내가 웃게 만들 수 없는 사람이 두려워요. 지나치게 사랑하게 되죠. 그게 나의 가장 큰 문제예요.

오후 11:30

민정

그때도 그랬던 것 같아요. 아무도 알아듣지 못하는 내 괴상한 농담들을 알아주는 사람이 있다면 지나치게 사랑하게 되는 것, 세련된 바가 아니라 기름때가 수년간 낀 중국집에서 머리 하얀 할아버지가 튀기는 만두와 함께 먹는 연태고량주의 맛을 알아주면 마음의 틈새를 너무 쉽게 내주고야 마는 것. 그리고 그걸 비밀로 하려고 애쓰지만 번번이 들키죠.

마음이 지금처럼 콘크리트층으로 덮이기 시작한 건 그 이후 오랜 시간이 지나면서였던 것 같아요. 그때도 그랬던 것 같아요. 그 사람에게 사랑한다고 말할 수 있었냐고요?

한마디도 못했어요. 이게 진짜 비참한 이야긴데, 온갖 구질구질한 관계들이 얽히고 설켜서 결국 그 관계는 끊어야만 했어요.

오후 11:42

민정

그동안 내가 뭘 했는지 알아요? 모텔에 가면 면봉이나 머리끈 같은 사소한 여성용품이 들어 있는 작은 비닐 주머니가 비치되어 있잖아요? 그걸 하나씩 모았어요.

쓰지 않고, 아주 소중하게. 빌어먹을 그게 뭐라고. 그게 내 사랑의 기념품이었어요. 그를 마지막으로 만났을 때 사랑한단 이야기는 못했지만 아주 기어들어가는 목소리로 말했죠. "가끔 혼자서 할 때, 내 생각 해줄래요…?" 하고.

물론 그는 늘 내가 하는 농담들에 하듯이 배가 터지게 웃었지만 그때는 농담이 아니었어요. 백 퍼센트 진심이었죠. 소위 '딸감', 마스터베이션의 대상으로라도 그에게 남아 있고 싶었어요. 그 얽히고설킨 관계는 별것도 아니었어요.

알고 보니 여자 친구가 있더군요. 물었더니 나 전체 공개인데 몰랐어? 이러더군요. 페이스북 얘기였어요. xxx와 연애 중, 이런 거 말이죠.

나는 페이스북을 안 하는데 어떻게 아느냐 말이에요. 하지만 그런 사람들에게 sns를 안 하는 사람이 있다는 상상력을 요구하는 건 너무나 혹독한 일이라 더 따질 수도 없었어요.

내가 그렇게 싸 보였느냐, 내가 그렇게 쉬워 보였느냐, 라고 물어봐도 대답은 이거더군요.

난 네가 아는 줄 알았지… 저기 페이스북에….

아이고, 그놈의 페이스북.

오후 11:58

194

민정

수미 씨, 당신이 아름다울 수 있느냐고 했죠. 왜 사랑하게 되었냐고도. 다른 사람과 흔히 마음이 잘 맞지 않는 내 말에 웃어준다는 시시한 이유로도 누군가를 사랑하게 되더군요.

아, 물론 골드 핑거도. 그 손은 어탁을 떠놓을 만했어요. 지금쯤 어떤 년인가 복도 많지.

돌려 말하지 않고 그 사람에게 당신이 그를 사랑한다는 것을 숨기지 않는 것, 그것만으로도 아름답지 않나요?

사람들은 될 수 있는 한 그 사랑을 숨기려고 애쓰죠. 기침과 사랑은 숨길 수 없다지만 부루펜 시럽을 한 사발 마신 것처럼 요즘 사람들은 잘 숨기죠.

오전 00:01

민정

사랑 대신 '썸'이라는 적당한 단어를 붙이면서 사랑이라는 말은 신파가 되어버렸잖아요. 그래서… 나는 적어도 당신이 아름답게 느껴져요. 숨기지 않는 당신이. 숨기지 못하는 당신이.

쌍둥이 형과의 섹스라. 왜 나는 그게 이상하게 여겨지지 않을까요. 누군가는 욕하겠죠. 하지만 나는 욕할 수가 없네요. 오히려 그만큼 그에게 가까이 가고 싶었던 것 같아서 마음이 묘해져요.

쌍둥이란, 세상에서 가장 비슷한 유전자를 공유하는 사이 아닌가요? 그를 가질 수 없다면 가장 지상에서 그와 흡사한 존재라도 사랑하고 싶을 만큼, 그 망할 자식(미안하지만)을 사랑했던 게 아닌가요? 윤리의 문제는 나에겐 둘째로 보이는군요.

아름답다고 말할 순 없다 해도 추할 순 없지 않나요? 그 애절함을 감히 추하다고 말할 수 있는 사람이 있을까요. 물론 있겠죠. 하지만 난 어차피 그런 사람들과 놀지 않으니까.

그를 가질 수 없기 때문에 지상에서 그와 가장 비슷하게 만들어진 존재와, 그리고 아마 술기운과 외로움이 섞여서겠죠. 섹스했다고 해서 나는 적어도 욕하지 않겠어요.

오전 00:05

민정

그 망할 자식(다시 미안해요)에게 얼마나 가까이 가고 싶었는지를 보여주는 일일 뿐, 이것을 누구에게 고백해야 하나요? 해명해야 하나요? 변명해야 하나요? 원래 사람이 사랑하면 별짓 다 하지 않나요?

어떤 남자들은 사랑한다는 이유를 대면서 사람을 죽이기도 하는데요 뭘. 거기에 비하면 섹스는 아주 평화롭죠. 죄책감이 바위처럼 당신 위를 짓눌러서 결국 경련이 일어나나 봐요.

아마도 의사는 거기에 맞는 약을 지어줄 수 없겠죠. 나는 위경련은 겪지 않지만 술을 마시고, 토하고, 간을 망치고 모든 만남에 무감해지면서 하루하루를 걸어왔어요. 내가 섹스를 덜 했다고 해서, 그럼 나라고 아름답나요? 태어나서 딱 한 명, 천생연분을 만나서 그 사람하고만 밥 먹고 자고 사는 건 많은 사람의 꿈이죠. 그런 사람들만 아름답나요?

나에게도 아직 지울 전화번호가 남아 있었으면 좋겠네요.

지울 번호가 남아 있다는 건 아마도, 아직 상할 것이 남은 건강한 마음이 남아 있다는 뜻일 거예요….

오전 01:22

내가 가난하고 어리석고
평범한 여자라고 해서

감정도 영혼도
없는 줄 아시나요?

《제인 에어》 중에서

언젠가 우리는 계단에서
떨어질 거예요

15

───────────── 4월 16일 ─────────────

수미

있잖아요. 가끔 나를 포함해서 모두가 무서워요. 모두가 언젠가 나를 해치고야 말 것이라는 망상이 덮칠 때가 있어요.

내가 잘못 살고 있다고 욕하고 내게 잘못을 빌라고 악다구니할 것만 같은 망상이요. 나는 이 알 수 없는 부끄러움과 죄책감에 대해 자주 떠올려요. 나의 불행을 바라는 사람들을 생각하면 갑자기 정말 불행해지고 싶어져요.

하지만 알고 있어요. 내가 불행해진다고 그들이 행복해지진 않는다는 걸. 사실은 아무 감흥도 없다는 걸. 그리고 사실은 나의 불행을 누가 바라는지, 명단을 만들 수 없다는 것도.

나는 다 알고 있으면서도 수시로 망상과 만나요. 실체가 없을 거라는 걸 나는 알고 있어요. 그렇지만 동시에 또 나는 알고 있어요. 이제껏 지나온 10년 가까운 시간이, 앞으로의 나의 인생을, 틀림없이 말아먹을 거란 것을.

오후 09:59

수미

말하자면요. 그런 거예요. 계단을 내려가는데요. 갑자기 온몸에 소름이 끼쳐요. 그러면서 나는 주저앉고 싶어져요.

밑을 하염없이 바라보며, 이대로 여기서 굴러 떨어질 거라는 막연한 예감. 나는 이 다음 계단을 딛는 방법을 모르고 있다는, 그런 의심과 불안. 계단 하나인데, 너무 높은 거예요. 얼마나 무서운지 알아요?

오후 10:09

민정

당신도 사실은 알고 있잖아요. 우리를 망칠 수 있는 것은 우리뿐이라는 걸. 결국 내가 내 팔자를 조진 걸 나는 알아요. 그렇다고 불행을 선물한 사람들이 원망스럽지 않은 건 아니에요.

그렇게까지 개새끼일 필요는 없었잖아요? 사람이면 좀 인간적인 맛이 있어야지, 그게 우리 탓도 아니잖아요?

지금 당신이 무서운 건 당신을 해칠 수 있는 제일 위험한 사람이 바로 당신이기 때문이 아닐까요. 아버지가 자꾸만 내 안에서 마귀를 보고, 연애도 무엇도 잘

풀리지 않아서 우울증이 처음 발병했을 때가 스무 살 즈음이었을 거예요.

오후 10:15

민정

별로 자랑스러운 일이 아니라서 말하지 않았지만 나는 잠이 오지 않아서 신경정신과를 찾아간 다음부터 약을 먹고 있어요. 의사는 아주 단정적으로 말했어요.

불면은 그 자체로 어떤 현상이 아니라 우울증의 증상이라더군요.

그러니까 나는 우울증 환자네요. 항우울제와 수면제를 신나게 술과 섞어 먹는. 그건 굉장한 칵테일이죠. 지금은 증상이 오래되어서, 이 우울증은 마치 나에게 마귀처럼 가까워요.

오후 10:20

민정

어떤 책을 보니 우울증을 오래 앓은 사람들은 자신의 원래 성격이 뭔지 알지 못한다는군요. 우울증이 아닌 상태를 알지 못하기 때문에 정상적인 상태가 뭔지 알지 못한다는 거예요.

내가 정상적인 연애를 모르는 것과 비슷하죠. 지금은 오래 앓아 와서 마음이 축 처진 채 널을 뛰면 또 지랄이 시작이구나, 하면서 항우울제와 항불안제, 수면제를 술에 섞어서 털어 먹고 그런가 보다, 하고 넘겨버려요.

그러기가 처음에는 쉽지 않았어요. 한 사람은 팔다리를 붙잡고 한 사람은 때렸던 부모 대신 육친의 정이란 걸 알려줬던 할머니까지 돌아가셨을 때라 마음이 널을 뛰었죠.

그때 내가 죽지 못한 것은 어릴 때부터 귀에 못이 박히게 들어 왔던 말 때문이에요.

오후 11:01

민정

자살한 사람은 천국에 가지 못한다. 절대로 지옥에 간다.

오후 11:19

민정

난 이런 말을 진지하게 믿지는 않아요. 하지만 도박 같은 거예요. 천국이 있다면, 할머니는 거기에 갔을 만한 사람이에요.

나에게는 이게 사랑 이야기죠. 한 번이라도 그분을 더 만나고 싶어요. 파스칼의 도박이라고들 하죠.

하나님이 있다고 믿는 게 결국 남는 장사라는 이야기. 그나마 사랑이라는 걸 알려준 할머니를 만날 수만 있다면 천국이 있다는 데 걸고 싶어요.

그러니 지옥에 가면 안 되겠죠. 그리고 특별히 지옥에 갈 필요도 없었어요. 그때 나는 이미 지옥에 있었으니까. 하지만 그러다가 미쳐버릴 것 같은 순간이 있었어요.

그럴 때 나는 문구점에서 사온 커터칼의 날을 똑 부러뜨려 새것으로 교체하고, 긴 소매 옷을 입으면 드러나지 않는 팔 안쪽을 미친 듯이 그어댔어요. 요즘 눈치 없는 사람이 흉터를 보고 그거 뭐예요? 하고 물으면 그저 이렇게 대답해요.

오후 11:25

민정

글쎄, 오른손잡이라는 증거 아닐까요.

오후 11:29

민정

거의 왼팔이 너덜너덜한 걸레가 될 때까지 그어댔죠. 뭉쳐진 피가 장판 위에 흥건하고. 그때 나는 육체가 영혼보다 우위라는 것을 알았어요.

화끈한 통증이 몰려오면 마음의 고통이 어디론가 사라졌어요. 따갑고 아픈 상처 부위가 신경이 쓰여서 우울증은 번번이 패퇴했어요. 그렇게 나는 나에게 피해를 입히는 것으로 나를 지켜왔군요. 이걸 과연 지키는 거라 할 수 있을까요?

이런 이야기까지 하는 건 말이죠. 자기를 아끼라는 말 따위는 하고 싶지 않지만 혹시라도 이런 식으로 자신을 해치지 말았으면 하는 바람이 갑자기 들어서예요. 자신을 해친다는 건 이렇게 병신 같은 거예요.

빗금 같은 흉터가 수없이 남는… 마음에도 그렇게 할 수 있는 것 아닐까요.

오후 11:32

206

이렇게 진심으로 애절한 소리를 해대자니 좀 민망한 마음이 드네요. 아마 그건… 당신이 혹시 나와 같은 부류의 사람이 아닐까 생각이 되어서 그러는 것 같아요.

도대체 우린 왜 이런 걸까요? 왜 내 팔자를 내가 알아서 꼬는 걸까요? 아닌 거 알면서, 다 알면서. 내가 부모님을 향해 바랐던 것도 사실은 내가 원하는 사랑을 받을 수 없다는 걸 알고 포기하고 적당히 하나님을 좋아하는 척하면 잘 좋게 지낼 수 있었는데 왜 그랬던 걸까요.

당신은? 잘나가는 커리어우먼. 일 잘 하고 착실하고 상냥한 여자(내 생각에). 왜 인생을 꼬고 있나요? 마치 새끼줄을 꼬듯이. 나는 원래 이렇게 생겨먹었다고밖에 답할 수 없지만 당신은, 왜…?

오후 11:36

 수미

당신이 당신을 수렁에 빠트리고 다시 건져 올리며 마셨던 그 칵테일에 경애의 건배를. 이런저런 방법들로 버텨온 당신을 지지하겠다고 말하고 싶어요. '이런저런' 안의 수많은 갈피와 처절함까지 모두 다 감동적이라고 말하고 싶어요. 그 진한 피비린내를요. 술과 함께 삼키는 수면제나 신경안정제 같은 것들을요.

잘 했어요. 당신은 그렇게 매일 매일을 고통의 한가운데를 마주보며 걸어 왔나 봐요. 사막 한가운데서, 정말 죽기 직전에 물 한 모금 마셔가면서.

당신이 버틴 방법들을 두고 세상 사람들이 혀를 차도 신경 쓸 필요 없어요. 사막을 지나고 있는데, 신기루라도 마셔버리고 말텐데. 생명수였을 텐데. 아무 말 말라고 해요. 아무도. 누구도.

오후 11:56

수미

나를 망치는 것이 결국 나일 수밖에 없다는 걸 알듯이, 아마 당신도 알고 있었겠죠. 우리의 명백한 가해자들을 해치거나 죽여도, 아무 소용없다는 것을 말이에요. 그들의 피해와 그들의 상해와 그들의 비탄이, 나의 평안과 행복으로 치환되지 못한다는 것을. 그건 애초에 거래가 되지 않는 재앙이라는 것을요.

완벽히 그들을 탓하지 않는 것처럼 보이는 당신의 총명함이 믿기지 않아요. 그들은 사물이 되었나요? 그들은 그들끼리 봉인해버렸나요? 그들을 그런 채로 거기에 두고 당신만 폴폴 세상으로 나와 움직이는 건가요?

오후 11:59

───────────── 4월 17일 ─────────────

수미

한 번도 본 적 없는 당신의 어깨가 얼마나 꼿꼿할지 혼자서 걸어가는 뒷모습을 상상만 해도 가슴이 저려요.

오전 00:19

수미

어제 친부가 살고 있는 군청에서 그를 부양하는 것이 나의 의무임을 통보하는 우편물을 하나 보내왔어요. 이 우편물을 제가 대학생일 때도 한 번 받아본 적이 있죠.

이 우편물 하나에도 나는 사소한 것들로 뭉쳐진 과거의 파도 속에 고꾸라져요. 나에게는 직장이 있고, 나는 4대 보험에 가입되어 있고, 매달 월급이 입금되죠.

오전 00:22

수미

그렇다면 나는, 그를 부양해야 하나요? 두 시간마다 한 번씩 욕지기로 내 잠을 깨우던 남자에게, 내가 돈을 보내야 하나요?

친절하다고 자주 평가받는 저의 태도는 실은 두려움에서 나온 거예요. 순수한 형태의 온전한 친절이 아니에요. 상대가 내게 화를 내지 말았으면 좋겠다는 두려움에서 나온 비겁한 친절과 상냥함.

저는 언제나 사람들이 제게 화를 낼까봐 무서웠어요. 그래서 싸움이 되지 않도록 최대한 노력했죠. 특히 중년의 남자들. 그중 술 취한 중년의 남자들은, 존재만으로도 위협이 충분해요.

비약이라고 할 건가요? 심할 때는 그들과 같이 엘리베이터를 탄 것만으로도 울어버렸죠. 저의 친절이라는 게 이렇게 비루해요. 나약하죠.

오전 00:27

수미

비루하고 나약하게 산다는 것이 얼마나 애쓰며 살아야하는 건지 당신은 알아주었으면 좋겠어요.

오전 00:30

수미

그러니까 사람들은, 함부로 누구를 세상에 낳으면 안 된다고, 이 말이 꼭 하고 싶었어요.

오전 00:40

수미

이따금 잠을 자다 비닐봉지 부스럭거리는 소리에 놀라 깨곤 해요.

그 소리는 가깝고 아주 커요. 형체 없는 누군가 귓가에 와서 비닐봉지를 마구 만져대는 거예요. 악몽 같은 거라고 생각해요. 가위눌림 같은 거 말이에요.

그렇지만 그것은 확실히 비닐봉지 소리예요.

오전 00:43

수미

처음 그 일이 있었을 때 저는 베개에 양쪽 귀를 파묻으며 그 소리를 듣지 않기 위해 모든 애를 다 썼어요.

그렇게 해도 그 소리가 지나가기까지는 꽤 오랜 시간이 지나야 했죠. 더 이상 그 무엇도 없어요. 끊임없는 비닐봉지 소리.

오전 00:45

수미

하지만 언젠가부터 이런 생각이 들었어요. 이건 틀림없는 쓰레기봉투 소리라고요.

그것은 쓰레기봉투에 허겁지겁 무언가를 담고, 잘 담기지 않아 꾹꾹 누르고, 내용물을 구기고 찢어 부피를 줄여가며 동여매는, 아주 열심히 쓰레기를 모으는 소리였어요.

귀의 안쪽, 고막, 달팽이관보다 더 깊숙한 곳, 주름진 뇌의 틈틈이 박혀 있는 쓰레기들을 버리는 소리 같았어요. 세상에 나를 낳은 사람이 내 등을 떠밀며 네가 죽었으면 좋겠다고, 이 집에서 나갔으면 좋겠다고 말하는 장면 같은 것 말이에요.

오전 00:49

수미

아빠가 나를 때리던 소리.

이 씨발년
이 재수 없는 년
이 개 같은 년 년 년 년 녀언

동네 사람들은 다 들었겠지? 따귀를 내려치는 소리, 내가 씨발년이 된 소리들을 모두.

오전 00:55

수미

아버지는 내게 욕을 하며 내 팔뚝에 침을 튀겨요. 나는 억울한 욕보다 그의 침이 튄 그 자리가 수치스러워 한참을 노려봐요. 달리 무엇을 할 수 있겠어요. 침이 튄 자리를 한없이 노려보는 수밖에는.

아마도 그런 날들이 쓰레기봉투에 담겨 버려지고 있는 것이라고, 잘 담기지 않아 요란하게도 부스럭 대는 것이라고, 믿게 되었어요.

오전 00:59

수미

어제의 술자리 도중에 나는 아마 갑자기 울고 싶었던 것 같아요. 그리고 울기 직전에는 이런 말을 하고 싶었을 거예요.

나는요, 심란할 때 수제비를 만들어요. 멸치 다시마 국물을 우려내고 반죽을 쳐대는 동안 기분이 좀 해소되는 걸 느껴요. 반죽을 치면서, 라는 그 말을 하면서 곧장 울음을 터뜨리고 싶었어요.

그러나 나는 얌전히 내 방 침대에 돌아와 누워 있어요. 나는 계속 물어보고 싶었어요.

오전 01:10

수미

있잖아요, 아빠가 진짜 나빴거든요. 나한테 내가 죽었으면 좋겠다고 그러던 사람인데. 그 사람 장례식장에 내가 가야 될까요.

그런데 그 사람, 정말 왜 아직도 안 죽나요.

오전 01:15

수미

이제 겨우 벗어났다 싶었는데 찾아오는 이런 노크들이, 나를 자꾸 몰인정하게 만들어요. 나는 패륜아인가요? 그렇다면 나는 인간적인 것 아닌가요?

어떤 사람들은 아주 지겹도록 오래 살아요. 나는 그가 마치 백사십 살은 먹은 것같이 느껴져요.

누군가의 부고를 들었을 때 몇 번, 아! 왜 그 사람의 부고가 아니었을까, 안타까웠죠.

예상대로 그는 백사십 살을 먹은 것 같은 지금도 군청에 찾아가 기초수급자 신청을 하며 잘 살고 있네요.

그는 나에게서 더 무엇을 가져가고 어디를 더 다치게 할 수 있을까요. 앞으로 남은 날들은 가난과 절망과 외면과 외로움과 질병, 비난… 그런 것들이 대부분을 차지할 것으로 보여요.

아빠는 아마 그것을 열심히 도울 테죠. 사랑은 아주 잠시 다녀가고, 술기운은 다음날이면 사라지겠죠. 그런 가운데서도 그리운 사람은 영영 사라지는 일이 없을 거예요.

오전 01:30

 수미

돈은 늘 충분하지 않다는 걸 알고 있고, 아무도 나를 인정하지 않아요.

부모와 조금 더 멀어지는 꿈을 꾸고, 내가 마음속으로 죽였던 사람들이 몇 번이고 다시 현실의 우체통으로, 안 되면 꿈속으로, 찾아와 내 주변을 서성일 거예요.

기억나지? 그때 네가 나 죽였던 것.

그러면 나는 막 떨고, 무서워, 무서워, 나를 때리지 마, 내 걸 가져가지 마, 그렇게 말하다 눈을 떴을 때 머리맡에 노란 스탠드 불이 켜져 있어요.

오늘은 이 방에 아무도 찾아오는 일이 없을 텐데도, 나는 저 밝고 따뜻한 전구 불빛이 갑자기 무서워요.

오전 02:00

버텨내질 못하고 낙하하는 심장
진공의 밤

오지은, 〈진공의 밤〉 중에서

인대가 나기는
법에 대하여

16

———— 4월 20일 ————

민정

내가 무슨 일을 해서 먹고사는지 제대로 이야기한 적이 없는 것 같네요. 작은 편집 회사에 다니는데, 시시한 사내외보 같은 걸 만들어요. 편집도 하고, 인터뷰를 해서 글도 쓰고, 취재도 하고, 필자 섭외를 하면서 코가 바닥에 닿을 만큼 굽신거리기도 하죠. 통닭이나 족발집 광고가 실리는 지역 잡지 같은 것도 만들고, 닥치는 대로 다 해요.

을 중의 을이라고나 할까. 물론 월급도 많지 않지만 요즘 같은 때 직장이 있는 게 어디냐, 하는 마음으로 다니고 있어요.

나를 마귀라고 불렀던 아버지는 전파상을 저당 잡혀서 교회를 지으려다 빚만 남기고 돌아가신 지 몇 년 되었고, 어머니와 함께 먹고는 살아야 하니까요. 그런 사기가 많아요. '목사'라는 이름을 달고 싶어 하는 사람들에게 교회를 지어준다면서 서류를 위조해서

218

돈을 싹 빼먹는. 아버지는 그 화병이 췌장암으로 번져 돌아가셨죠.

그 사기꾼들 낯짝도 대단하지만 세상에, 군청에서 그런 아버지를 먹여 살리라는 우편물이 오다니 군청도 대단하고 그 아버지도 대단하군요. 우리 아버지는 급환으로 빨리 돌아가셨으니 고마운 것일까요. 사람이 백사십 살까지 살다니 너무 무서워요.

오후 10:20

민정

우리 세대의 기대 수명이 백삼십 살이라는 이야기를 들었을 때도 무서웠는데 당신의 그런 아버지가 백사십 살까지 살면서 백 살이 넘은 수미 씨에게 나를 부양해라, 너는 4대보험이 되는 직장에 다니는 사람이 아니냐, 라고 국가와 합세해서 엄중히 명령한다면.

씨발 년 년 년 녀언 죽어라 라고 말하던 입으로 나를 살려라 라고 말한다면.

오후 10:21

민정

나는 패배자예요. 갑자기 왜 이런 이야기를 하느냐면, 십 년쯤 전 일본에서는 삼십 대가 넘었는데도 결혼도 하지 않고 아이도 낳지 않은 여자를 '패배한 개'라고 불렀다는 이야기가 문득 생각나서예요.

그런데 나는 모든 패배자가 그렇듯이 내가 질 줄 몰랐어요. 이전에 대기업을 다녔다고 했죠? 그리고 그만뒀다고.

그 회사에서 어떤 남자를 만났어요. 돈도 없고 아버지도 없는 여자가 배우자로 맞기에는 아주 이상적인 남자였죠. 인사고과에서 늘 1위를 달리는, 1원도 정산이 틀리는 법이 없는 회계팀의 에이스. 그 남자가 전의 카톡에서 말했던 남자예요. 내 엉덩이를 두드리면서, 코치가 선수를 독려하듯 어 잘 친다, 라고 말했던 업소에 훤한 남자.

난 여자한테서 얻을 수 있는 즐거움은 다 경험했으니 날 위해서 애쓰지 말라며 선심 같은 걸 쓰던 남자. 결혼한 여자들이 겪을 만한 구질구질한 일을 단시간에 죄다 겪은 다음 나는 그 남자를 포기했어요.

오후 10:25

민정

뭐 그런 거 있잖아요. 언어폭력이니 가정폭력이니 그런 것들. 왜 결혼을 했느냐고 사람들은 혀를 차지만 결혼을 안 하면 또 안 한다고 뭐라고들 하죠. 누가 그런 남자인줄 알았냐고요. 사람들이 입을 모아 1등 신랑감이라고 말하던 사람이었으니 그저 나는 내가 행운아인 줄만 알았죠.

하필이면 직장 사람들을 다 초청해 결혼식을 올린 다음이었고, 혼인신고는 하지 않았는데 어떤 사람들은 혼인신고 안 한 게 얼마나 다행이냐고.

뭐가 다행이라는 거죠? 가끔 그런 사람들이 있더군요. 결혼식은 하지만 아기가 생기거나 살아본 다음에 괜찮다 싶으면 혼인신고 하겠다고. 그런 사람들은 어떤 생각으로 그러는 걸까.

나는 사실혼이 될 만큼 살지도 않았지만 그들의 마음이 궁금해요. 나보고 다행이라고 말하는 사람들의 마음도 궁금하고요.

오후 10:30

민정

그러면 다음에 만날 남자에게 결혼식 해본 적은 있지만 도장은 안 찍었으니 미혼이에요, 라고 말하면 그쪽에서도 아 그렇군요, 식은 했지만 미혼이시군요, 참 다행이군요, 당신은 엄연한 처녀에 속합니다, 라고 해준다는 거야 뭐야.

뭐 하여튼 콩알만 한 곳이라 전출할 수 있는 방법도 없었고, 하필이면 그 남자와 나는 한 층에서 일하고 있었고, 회사를 그만둔 건 나였어요. 물론 많은 사람이 답답해했죠. 네가 잘못한 게 아닌데 왜 그만두느냐고.

오후 10:35

민정

그래요. 내가 잘못한 건 없었어요. 나는 그 결혼을 이어나가기 위해서 온갖 짓을 다 했어요. 비굴하고 비참할 만치. 정상인으로 살아보고 싶었어요.

남들처럼 살아보고 싶었어요. 그 회사에도 붙어 있고 싶었어요. 남들이 괜찮은 사람이라고 인정해줄 만한 사람이 되어보고 싶었어요. 그 짧은 결혼 기간 동안만은 단 한 방울도 술을 마시지 않았어요.

하지만 싱크대에 물방울이 떨어져 있는 걸 본 다음,

221

야 이 씨발년아, 개좆 같은 년아, 하는 말. 그걸 말이라고 할 수 있나. 그런 말들을 한국어로 치기에는 세종대왕에게 미안하지도 않나 몰라.

그런 걸 듣고 또 여러 일이 있으면서 그 남자는 나를 신속히 죽여가기 시작했죠. 그렇지 않았다면 내가 그 사람을 죽였을 거예요. 그런 기력밖에 남기 전에 그 사람으로부터 떨어져야 했어요.

오후 10:40

민정

이혼녀라는 딱지가 강력범죄의 가해자나 희생자보다는 낫잖아요. 그때 머리가 좀 더 돌아갔다면 혼인무효소송을 걸었을 텐데, 나는 그 사람으로부터 멀리 떨어지고 싶은 생각밖에 없었어요. 도망치는 것밖에 선택이 없었어요.

아버지가 검은 양복에 성경책을 든 사람들로부터 사기당해 재산을 통째로 다 날린 후에도 기독교를 독실하게 믿는 주변 친척들은 기도의 힘으로 남편을 변화시켜라, 이건 너희 가족을 더욱 강하게 하고자 하는 하나님의 시험이다, 욥기를 읽어봐라, 그리고 남편은 아내의 머리니 무릎이라도 꿇고 엎드려서 가정을 지켜라, 하고 충고하더군요.

어느 날 분을 참지 못한 그가 무릎을 꿇으라고 해서 나는 그렇게도 해봤어요.

오후 10:45

정말 무릎을 꿇으면 가정이 지켜지는지 궁금했거든요. 지켜지긴 뭐가 지켜져요. 무릎만 꿇고 엎드리질 않아서 그랬나. 서너 시간을 그러고 있었더니 내 무릎 인대만 상하더군요. 가정은커녕 내 인대 하나도 지키지 못했는데.

다음날 남편은 걷지 못하는 나를 승용차로 정형외과까지 데리고 갔고, 의사가 어쩌다 이렇게 됐습니까? 하고 묻자 손사래를 치며 이 사람이 말이죠, 헬스클럽에서 스피닝(왜 그 자전거 격렬하게 단체로 타는 거 말이에요)을 너무 열심히 하지 뭡니까 선생님, 그러더라고요.

약을 타서 돌아오면서 나 보고 흰 눈을 뜨며 이러더군요.

평소에 스트레칭 같은 거 좀 해놓지 그랬어?

그때 아 나는 절대로 이 사람을 당해낼 수 없겠구나, 하는 생각이 들었어요. 그래서 그 남들 다 들어가고 싶어 한다는 대기업도 결국 기어 나오게 된 거예요. 저런 사람을 어떻게 이겨요.

도망가서 최대한 상관없이 살아야지. 아니 왜 네가 나와, 싸워서 이겨야지, 왜 더 강해지지 못해? 그런 말을 들을 때마다 나는 기어코 무릎이라도 꿇고 빌고 싶은 생각까지 들었죠.

강해지지 못해서 미안합니다. 여성인권을 진작시키기커녕 패퇴시킨 인간이 되어 죄송합니다. 태어나서 죄송하다고요. 이제 됐습니까? 결국 덜 질긴 쪽이 지는 거예요.

그남자가, 저기 미안하지만 나를 위해서 다른 회사로 옮겨주지 않겠어요, 라는 부탁을 들어줄 만한 사람이었다면 애초에 내게 그런 짓들을 하지 않았겠죠. 결국 받아만 주면 좋다는 마음으로 지금 회사에 들어갔고.

나는 미혼녀도 이혼녀도 아니군요. 이건 뭐 이혼에 준하는 미혼이라고 해야 되나. 아, 이거면 되겠다. 이―미혼녀.

결론은? 그래서 오늘도 술을 마시고 있습니다, 정도가 되려나. 수미 씨도 결혼, 조심하세요.

오후 10:52

민정

흔히 작은 회사가 좋은 척할 때 저희는 가족 같은 분위기입니다, 이러잖아요? 그건 이런 뜻이죠. 사람이 별로 없다 보니 우리는 너의 친척이나 된 것처럼 서로 참견을 해댈 거야, 물론 가족끼리 서로 돕는 그런 건 하지 않을 거고 유산도 물려주지 않을 거지만, 명절에 부려먹듯 알뜰하게 시켜먹을 거고 진저리나는 가족처럼 너의 모든 걸 궁금해하고 아주 귀찮게 할 거야, 라는.

이런 회사에서 왜 결혼 안 해요? 하는 질문은 오늘 날씨 좋네요, 뭐 그런 것만큼 그냥 대화를 위한 대화처럼 흔한 화제예요. 그럴 때마다 한 번 해봤더니 글쎄 좋 같지 뭐예요, 라고 대꾸를 못 해서 그냥 웃어요.

결혼 타령만큼 그만큼 자주 듣는 이야기는 김 대리 지금도 노산이야, 얼른 애 낳아야지, 애를 낳아봐야 어른이 돼, 이런 거예요.

오후 10:54

민정

애를 낳은 사람들이 참 존경스럽긴 하지만 애 안 낳은 사람들을 버러지 취급하는 건 좀 부당하다고 생각이 돼요. 내가 피우는 담배, 내가 마시는 술, 거기 붙는 세금으로 그 꼬물꼬물한 꼬마들 어린이집도 운영하고 그런 거 아니에요?

오후 10:58

민정

업무 시간에 아기 용품 검색하느라 정신이 없는 나보다 몇 살 많은 과장은 오페라의 프리마돈나처럼 두 손을 맞잡고 꿈꾸는 듯한 표정을 하고는 꼭 나만 붙잡고 이런답니다.

김 대리, 여자로 태어나서 애를 안 낳아본다는 건 불행이야. 나는 말이지, 태어나서 제~~~일 잘한 일이 애를 낳은 거야! 자기 애를 안아본다는 거, 어떤 기분인지 알아? 죽었다 깨어나도 그 기분 모를 거야.

오후 11:00

민정

좋으시겠어요, 라고만 말해요. 사실은 전 죽어도 애를 안 낳을 거예요. 라고 말해주고 싶어 죽겠다니까요. 난 그 기분 같은 거 알고 싶지 않아요, 제가 태어나서 제~~일 잘한 일은 애를 안 낳은 겁니다! 라고 말해주고 싶다니까요.

오후 11:02

민정

어머니 한 분 모시고 사는 것도 경제적으로 힘들어요. 어머니 보험은 들어놨지만 나는 아프면 그냥 산에 들어가서 죽을 거예요. 그리고 내 유전자 같은 건 절대로 남기고 싶지 않아요.

이야기가 지금 엄청나게 거창해졌는데, 당신이 사람은 함부로 누굴 낳으면 안 돼요, 하고 쓴 카톡이 마음을 두드려서 이렇게 이야기가 길어졌어요. 왜 사람은 함부로 누굴 막 낳죠? 계획된 임신은 전체의 50퍼센트가 안 된대요.

전 세계적인 인구 폭발 문제와 한국의 저출산을 동시에 걱정할 수 있는 사람들의 뇌구조가 난 늘 이해가 안 됐어요. 다른 나라 사람들 출산 못 하게 틀어막고 대신 우리가 낳자! 이런 이야기밖에 안 되잖아요? 그렇게 애를 낳으며, 애를 낳은 게 좋은 사람들은 자신이 그런대로 마음에 드나 봐요.

죽었다 깨어나도 그런 사람들을 따라갈 수가 없어요. 그 사람들을 비난하는 건 물론 아니에요. 신비하고, 너무 신비해서 부럽지조차 않아요. 그렇게 자신을 사랑하면 얼마나 행복할까요.

오후 11:06

226

예전에 아버지에게 매 맞고 자란 이야기를 한 적이
있죠? 스물한 살 때 부모님의 폭력에 같이 폭력으로
맞섰다고. 그때 발에 배를 차여 장이 파열됐어요.

화장실에 갔는데 소변에 피가 섞여 나오기에, 이건
심상치 않나 보다 싶어 병원에 가려고 마을버스를 기
다렸어요. 119라도 불러서 응급실에 갈걸, 거북이처
럼 느릿느릿 오는 마을버스를 기다려서 외래 접수를
했더니 병원 스태프들이 응급실로 옮기더군요.

그 치료비도 물론 내가 냈어요. 직계존속은 폭력으로
신고도 할 수 없던 시절이었죠. 그랬나? 확실하진 않
아요. 어쨌거나 그때는 최초의 쌍방이었으니까. 병원
에서 처치를 받으면서, 고작 스무 살밖에 안 됐던, 앞
으로 찾아올 사랑이나 꿈 같은 걸 생각해도 아까울,
지금 생각하니 조금 안쓰러운 나는, 아주 분명하게
그런 생각을 했어요.

나는 절대로 아이를 낳지 않겠다.

아버지에게 주먹을 휘두르고, 말리는 엄마의 따귀를
치고, 아버지의 허리를 발로 걷어차면서, 인정할 수
밖에 없어요. 나는 폭력을 휘두르는 게 짜릿했어요.
마약을 해본 적은 없지만 폭력이란 건 마약처럼 중독
성이 있구나, 하고 생각했어요.

그때 나는 부모에게 소리쳤어요. 나에게 한 번만 손
을 더 댔다 하면, 우린 다 같이 죽는 거라고. 그땐 각

오해라, 그냥 다 죽자. 이렇게 살면 뭐하냐. 그 이후 나는 단 한 대도 맞지 않았어요. 그리고 나는 오히려… 그게 슬펐어요.

오후 11:10

민정

소변에 섞여 나오는 피를 보며 생각했어요. 지금 방울져 떨어지는 이 피에는 폭력성이 흐르고 있다고. 나는 그걸 멈추기에는 너무 여기 푹 젖어 있다고.

그래서 불그스름한 응급실 불빛을 올려다보면서 굳게 다짐했어요.

그건 여기에서 중단시키겠다고. 주먹질의 대는 여기에서 끊어버리겠다고. 20년 동안 젖어온 습속을 끊고 좋은 부모가 되기에는 나는 여기 오랫동안 젖어왔다고. 피클이 오이로 돌아갈 수 없는 것처럼.

오후 11:15

민정

아까 내가 사내외보 같은 걸 만드는 편집회사에 다닌다는 이야기를 했는데, 그러다 보면 괜히 폼 나는 이야기 같은 걸 주워듣는 게 많아요. 그런 걸 외워뒀다 적절한 때 써먹는 건 일종의 부수입이죠.

이를테면 이런 거예요. 흡연 구역에서 담배를 피우고 있는데 부장이랑 차장이 그러더군요.
민정 씨도 이제 담배 끊어야지 애 낳아야 할 사람이,

지금 여자들이 애 안 낳으려고 해서 저출산이 진짜 문제야(나는 최근에 아빠가 된 그 차장이 집에 가면 애를 봐야 하기 때문에 회사에서 일이 없어도 게임을 하면서 일부러 귀가를 늦추는 걸 알아요. 우리 회사 모두가 알죠) 지금 한국 인구 성장률이 말이지, 지금부터 백 년 뒤에는 한국이 어떻게 되는지 알아?

혀까지 차기에 친절하게 웃으면서 대답해드렸어요.

부장님, 올더스 헉슬리가 그랬어요. 백 년 뒤의 일은 아무 걱정할 필요가 없다고요. 올더스 헉슬리 아시죠? 《멋진 신세계》.

그럼, 그럼! 알지! 그, 저기 헉슬리가 뭐랬는데?

백 년 뒤의 일은 아무 걱정할 필요가 없다. 우리는 틀림없이 다 죽었을 테니까. 그러니까 부장님, 아무 걱정하실 필요가 없어요. 전 아무 걱정 안 해요!

오후 11:20

민정

하지만 수미 씨, 난 당신이 걱정이에요. 백 년 후에도, 천 년 후에도, 당신의 사랑이랄까, 정념이랄까, 그런 건 살아남아 있을 것만 같아서. 그때도 사랑하면 어떡해요?

우리는 다 죽었겠지만, 그것만은 폐허 속 녹슨 냉장고의 잔해 옆에 살아남아 있을 것 같아서. 말해놓고 보니 어쩐지 저주 같아서 미안해요.

오후 11:22

사랑에 대해 생각하면
사랑은 멀어져요

17

4월 23일

수미

사랑에 대해 생각하면 사랑은 멀어져요. 멀리 달아나 거리낌 없이 마구 어려운 상대가 되죠. 하지만 생각하지 않기 시작하면 정말로 혼자가 되어 있어요.

그의 대답 없음, 혹은 그의 무성의한 대답 한마디에도 외로움 구덩이로 곤두박질쳐지는 순간이 와요.

실은 자주요. 나는 자주 그를 사랑하니까. 그 말은 곧 너무나 명백한 삶의 욕구 같아서, 그 이중성에 종종 나를 혐오했어요.

'~했다'와 '~한다'를 말할 때마다 자주 머뭇거려요. 나의 상태를 안다는 것이 그렇게 만만한 일은 아니잖아요.

오후 08:10

수미

그러나 나는 나의 상태와 상관없이 그에게서 곧잘 만만히 대해지죠. 내가 그의 외면에도 변함없이 다정한 사람이 되고 싶다고 생각했던 것은 사실 그가 언제나 다정하게 대해주길 바라는 게 아니었을까요.

이 욕망의 수치심에서 떨쳐 나오기가 힘들어요. 어떤 날에는 그를 포함한 모든 사람의 기억 속에서 나를 다 지우고 싶어요. 모두에게 살면서 딱 한 번씩, 사용할 수 있는 버튼이 있다면 좋겠어요. 펑, 하고 지워지는 버튼 말이에요.

그러나 그렇게 될 수 있다면, 나쁜 일들은 더 나쁘게 벌어지겠죠. 더 쉽게 상처 주겠죠. 결국 세상은 겨우 이 정도가 최적화인 것일까.

이런 체념도 나를 보호하려는 안간힘이겠죠. 우습다는 걸 나도 알고 있어요.

오후 08:12

수미

오늘은 택시를 타고 문득 그 사람이 차라리 죽어버렸으면 좋겠다고, 차라리 죽이고, 나도 죽었으면 좋겠다고 말하고 싶었어요. 나와 자고 싶지 않을 때는 나에게 연락하지 않는 그 사람이 미워요.

술이 다 깬 상태로 택시에 내려 내가 사는 아파트 건물로 들어서는데 검정색 아기 고양이와 마주친 거예요. 서로 깜짝 놀라 잠시 멈췄다가 고양이가 먼저 자동차 밑으로 숨어들어갔어요. 정말 쥐처럼 작은 아기 고양이였어요.

아, 너도 태어나고 말았구나.

오후 08:15

수미

내가 뭐라고, 나는 그런 생각을 거침없이 해버렸어요. 그렇지만 그 까맣고 작은 아기 고양이가 너무 예쁘고 연약해 보여서, 참을 수 없는 슬픈 기분이 휩싸였는데, 편의점에서 가득 채워온 비닐봉지를 아무리 뒤져보아도 고양이에게 줄 소시지 하나가 없는 거예요.

소시지 같은 것은 사지 않았다고 알면서도 비닐봉지를 계속 뒤졌어요. 그러면 정말 하나쯤 소시지가 나와줄 거라고 그 순간 믿었던 거예요.

한번쯤 그의 아기를 갖게 된다면 어떨지 생각해본 적이 있었어요. 그와 나의 아기가 세상에 나온다면, 나는 그렇게 생각하자마자 큰 죄를 지은 것처럼 부끄럽고 미안했습니다.

오후 08:20

수미

그런 일은 절대로 있어서는 안 된다고 생각했죠. 아마도 그는 그 연약하고 조그만 아기에게 소시지와 깨끗한 물을 줄 생각을 못 할 거예요. 그는 여전히 나와 자고 싶은 날 찾아와 내게 있는 소시지와 물을 가져가고, 아이 몫으로 지켜온 아주 작은 소시지와 물 한 모금도 태연히 삼키겠죠.

그런 아득한 절망을 나는 절대 만들면 안 된다고, 미래에 가서 미리 사과했어요. 마음을 주지 않는 사람을 사랑하는 일은 나만의 일이였으면 좋겠어요.

오후 08:22

수미

나는 그 사랑 덕에 괴로워하며 무럭무럭 죽어가요. 그에게 정말 고마워요. 이렇게 그가 태어나서, 이렇게 내가 죽어갈 수 있다는 것.

실은 그가 행복하게 잘 살았으면 좋겠어요. 그 새로운 연애가 행복하고 달콤해서, 결혼도 하고 싶었다가, 아기도 낳고 싶었다가, 잘 먹고 살다가 갑자기 불행해지고, 그때 나에게 한 번쯤 사과하고 싶어졌으면 좋겠어요.

나에게 더 이상 소시지가 없을 때까지, 말하자면 내가 더 이상 함께 자고 싶은 여자가 아닐 때까지, 어쩌면 함께 잘 여자가 없어질 때까지, 그런 일은 없겠지만.

오후 08:25

나는 그런 데 안 가요

민정

새끼 고양이 같은 건 당신이에요.

오후 09:10

민정

이 험한 세상을 어떻게 살아가려고. 내가 이런 말할 주제는 아니지만.

소주 값이 올랐어요. 공병 가격도 인상해준다더니 아직 안 해줘요.

내가 술 마신다고 이 사회의 호구가 되어주겠다는 이야기는 아닌데.

오후 09:14

민정

마시고 있나요?

오후 09:18

수미

마셔요. 마시고 있어요. 소주에 맥주를 타서 수저로 유리컵 바닥을 크게 한 번 툭 쳐내면 시원하게 올라오는 그 거품들을 마시고 있어요.

기포가 터지면서 식도로 넘어갈 때, 맥주처럼 금세 날아가지 않고 혀에 감돌며 남는 소주의 진한 화학 약품 냄새요. 그걸 마시고 있어요.

너무 좋지 않나요? 넘치는 거품과 적당한 알코올을 함께 마실 수 있는 충만한 음료. 맛있게 마시고 있어요.

오후 09:20

수미

있죠, 이렇게 혼자 앉아서 텔레비전을 보며 소맥을 마시다보면 불현듯 어릴 적 어떤 장면들이 떠오르곤 해요. 느닷없이 따귀를 때리던 친부 말고, 나쁘지 않은 기억도 하나 있어요.

이를테면 어떤 나른한 주말. 엄마는 당시에 유일한 취미였던 동네 목욕탕에 가서 사우나를 해요. 당시에도 매번 믿을 수 없었지만, 엄마는 목욕탕에 가서 반나절씩 목욕을 하고 돌아오곤 했어요. 한 달에 한 번쯤 성화에 못 이겨 따라가면 지루해서 내내 하품만 연발했죠.

엄마는 제가 하품하는 그 시간 내내 정말 목욕을 즐기며 놀았어요. 사우나에 들어갔다 나왔다, 열탕에

239

들어갔다가, 냉탕에 들어갔다가, 때를 밀고, 처음 보는 아줌마와 수다를 하고, 웃고, 수다를 하고, 수다를 계속하고. 엄마는 어쩜 그렇게 할 말이 많을까, 늘 멈출 수 없는 그 누군가에 대한 험담들.

오후 09:22

수미

한번은 일요일 낮이었는데 엄마는 혼자 목욕 바구니를 들고 목욕탕에 가고, 집 안에는 친부와 제가 있었죠. 전국노래자랑과 권투 중계 따위의 방송들을 친부는 멈추지 않고 계속 봤어요.

웬일인지 여편네가 집에 올 생각을 않는다며 성질을 내지 않았죠. 대신 프라이팬에 밥을 볶았어요. 기름을 아주 조금만 두르고, 얇게 저민 당근을 볶다가 양파를 투명해지기 직전까지 볶고, 마지막으로 압력 밥솥의 쌀밥을 퍼서 볶아요. 나는 친부의 뒷모습이 생경해 자꾸만 보고 있었어요.

오후 09:24

수미

다 볶은 밥은 너무 하얘서 믿을 수가 없을 지경이었어요. 어쩜 이렇게 하얄까. 지금 생각해도 눈부신 볶은 밥. 커다란 프라이팬 채로 식탁 위에 올려두고 둘이서 마주 앉아서 그 볶은 밥을 먹었는데 아삭하게 굵은 소금이 씹혔어요.

기름이 묻은 그 굵은 소금이 너무 고소해서 소금만 골라 먹으려 해도 소금은 눈에 잘 보이지가 않으니까 이번 밥숟갈 안에는 소금이 있었으면 좋겠다고 기대하며 수저를 쏙쏙 입에 빠르게 넣어댔어요. 아작 아작, 굵은 소금은 맛있는 거구나.

그다음에 조금 커서 가스레인지를 쓸 수 있게 되었을 때 그렇게 볶아보면, 소금이 씹히는 볶은 밥은 매번 실패. 정성을 넣어서는, 불가능해지는 요리였던 거예요.

오후 09:26

수미

어제는 갑자기 연락을 받았어요.

물론 그것 때문에 지금 술을 먹고 있다고 말하고 싶진 않지만.

그렇지만 제가 뼈와 물로만 채워져 있는 건 아니니까요.

오후 09:30

수미

너 혹시 아직도 아빠가 예전처럼 괴롭힐까봐 두렵니? 걱정하지 마. 아빠는 심각한 상태야. 이제 살 날이 얼마 남지 않았다고 다들 마음의 준비를 하고 있어. 만일 그런 일이 벌어진다면, 너는 그때 올 수 있겠니? 우리는 너를 그때 불러야 하니? 그래, 나도 뭐 말이야 해보겠지. 그래도 있잖아, 지금은 말고, 한 10년쯤 지났을 때. 그때는 네가 지금 안 간 걸 후회할지도 몰라. 나중에는 미안할 수도 있잖아. 지금 너 뭐 힘들었다 미웠다 생각하고 있을지 모르지만, 시간

241

이 지나면 다 아무것도 아니거든. 이건 내가 살아보고 하는 말이야. 이 나이쯤 되어보면 알게 되더라. 그렇게 유난 떨 일도, 특별히 힘든 일도, 절대로 안 될 것도 없어. 네가 지금 뭐 서른이라고 해봐야 많이 먹은 거 같니? 스물아홉? 그래, 스물아홉이든 서른이든 말이야. 아직도 한참이지 뭐. 옛날 서른도 아니고. 아직 어려서 잘 모르겠지만, 좀 더 살아보면 알게 돼. 네가 잘 모르니까. 알려주고 싶어. 나는 너를 도와주고 싶어. 아무튼 수미야. 그런 일이 생길 수도 있다고, 미리 지금 말해둘게. 그때 다시 연락하마.

오후 09:40

 수미

친척들로부터 이 말들을 들었을 때 바닥으로 떨어진 기분을 설명할 길이 없어서 문장으로 당신에게, 아니 나에게, 이렇게 펼쳐서 보아도 여전해요. 회복되지 않는 이 불쾌함을 어떡하면 좋을까요.

이제 나는 그 사람이 부러워요. 죽어버리면 그만이니 참 좋겠어요. 나는 이제 죽으니, 원망받는 역할은 다 한 것이라고 생각하며 눈을 감겠지.

그런데요. 정말 그렇게 손쉬워지는 걸까요. 이다음 언젠가쯤에는, 너희 아빠가 죽은 지가 언제인데, 장례식장에 코빼기도 안 보이고 아직도 원망 타령이냐는 비난이 기다리고 있을까요?

좋지 않은 것들을 지나쳐 더 좋지 않은 것들이 다가오는 이상한 사이클이에요.

오후 09:42

나는 자주 상상했어요. 그때, 가족으로 19층에 함께 살았을 때. 그 사람 앞에서 투신하는 상상.

잘 봐, 나는 너 때문에 죽는 거야, 이 장면을 너는 평생 기억하며 살아, 병신 같은 년이라고 비웃다가도 망할 귀신이 되어 저주를 내릴까봐 머뭇거려지겠지, 계속 그렇게 머뭇거리며 사는 거야, 욕을 할까 말까.

갑자기 천장이 무너지고 방 안의 텔레비전이 터지고 전화기는 먹통이 되고 현관문은 온몸이 부서져라 밀쳐도 열릴 생각을 안 하는데 도와달라고 외칠 목소리가 나오지 않는 거야, 아무도 너를 도와줄 수 없을 때 잠에서 깨어나고, 아 꿈이었구나, 안심하지만 삶은 계속 시궁창 속에 처박혀 있는 거지.

길을 걷는데 자꾸만 나를 닮은 여자가 스쳐가고, 그 여자들이 자꾸만 건물 옥상에서 투신하며 눈앞에 툭툭 떨어지겠지, 그런데 그건 꿈이 아니라서 깨어날 수가 없어.

그렇게 그가 평생 곤란하게 살면 좋겠다고 생각하던 어렸던 날들도 있었어요. 하지만 그렇게 되지 않고 나는 이런 전화를 받으며 또 살아가요.

오후 09:44

수미

그런 말씀하지 마세요, 라고.

오후 09:45

수미

얌전히 대답하면서.

오후 09:47

수미

아무튼 저는 이제 내년이면 서른이고, 이 나이가 어떤 기억을 잊거나 말고, 용서를 하거나 빌고, 월급을 얼마 받고, 기타 어떤 표식도 되지는 못할 거라고 생각해요.

줄곧 제가 주체할 수 없이 불쾌했던 것은, 그의 소식에 아직도 내 기분이 나쁠 수 있다는 거였어요. 영향이 생긴다는 점과 소식을 전해준 이가 나에게 도대체 무엇을 가르쳐주겠다고 하는 것인지 그 가르침을 알도리가 없는 나의 무례와 무식 때문이에요.

죄송합니다. 제가 아직 많이 부족해서, 삶의 지혜를 영 못 알아들었습니다. 물론 이런 말은 하지 못했고, 이렇게만 이야기했어요.

오후 09:49

수미

나는 그런 데 안 가요.

나는 안 갈 겁니다.

나는 안 가요.

나한테 말하지 마세요.

오후 09:50

244

수미

같은 말만 꺼내며 나머지는 생각만 했을 뿐인데, 통화를 마쳤을 때 자꾸만 눈물이 났어요. 너무 지겨워요. 그의 딸이었고, 아직도 딸인 것.

그냥, 죽어가는 그가 너무 부러워요. 그렇지만 동시에 예감했어요. 그렇게 금방 죽을 리가 없겠지. 큰 기대는 말자고요.

오후 09:51

수미

나는 실은 이런 말을 사랑하는 그와 하고 싶어요.

오후 09:53

수미

멍청하게도! '말'을! 그 사람과!

오후 09:55

수미

그는 이번 연애가 잘 되고 있는지 연락이 없어요. 보통은 길면 두 달이었는데. 언제 연락이 올지 몰라 핸드폰을 손에서 못 놓는 내가 정말 싫어요. 두 달이 넘었기 때문에, 사실은 그렇기 때문에 더욱 오늘 갑자기 연락이 올지 모르거든요.

확률이요. 여자와 헤어지고 소회를 밝히며 섹스가 하고 싶어졌을 확률.

나는 그에게 너무 가까운 가구일까요. 자기 방의 수건걸이, 그야말로 웰컴매트 같은 것.

245

나는 그에게서 멀어져야 그의 관심을 받을 수 있을까요. 전화를 받지 않거나 원할 때 섹스하지 않는 것으로?

오후 10:00

수미

그런 덧셈 뺄셈이 있다고 생각한 내가 믿을 수 없을 정도로 멍청해요.

오후 10:01

수미

무릅쓰고 무언가 할 때 나는 다 할 수 있을 줄 알았어요. 나는 그런 식의 자기 학대에 익숙하니까요. 그런데 내가 무릅써야 할 것이 사랑하는 사람의 외면과 경솔함이 되니 그것을 무릅쓰기 어려워져요.

세 번 그러다 한 번 안 그러고, 다시 또 그러고, 그렇게 몇백 번을 반복해도 되는데.

한 번도 어김없는 경솔함. 힘들지만 멈출 수 없는 여정이었으므로, 나는 더 센 강도로 무릅쓰려고 마음을 바꿔 먹었어요.
그런데 무릅쓰다니. 정말로 무릎을 쓰고 있는 거잖아요! 내 무릎이 지금 부, 서, 지, 는, 거 맞죠?

오후 10:03

수미

멍하니 앉아 있으나, 온갖 생각을 다 하며 앉아 있으나 변하는 것이 없고 시간이 흐르는 것은 똑같은걸. 왜 늘 불안과 걱정을 사서 하는 걸까요.

알아요. 내겐 늘 해결 방안이 없었어요. 지금 이 순간의 걱정과 불안은 이 다음 순간에 닥칠 더 큰 불안과 걱정을 위한 계단에 지나지 않는다는 것을, 나는 모르지 않는데.

오후 10:05

 수미

다음 불안은 얼마일까요? 비싸게, 더 비싸게 미리 사두고 싶어요.

오후 10:15

나도 그런 데 안 갑니다

―――――――――――――― 4월 24일 ――――――――――――――

민정

당신 휴대폰 소리나 진동으로 안 해놓고 그냥 무음으로 해놓는 거 아닌가요? 늘 들여다보느라고… 그런 사람들에게는 소리나 진동의 '알림'음이 필요 없죠.

오전 02:23

민정

스물아홉이 많이 먹은 나이냐고 묻는다면 절대로 아니라고 말하겠어요. 그렇지만 누구도 19층에서 투신하기에 충분한 나이는 아니에요.

당신의 이야기를 들으니 내가 아버지를 탓하는 듯한 카톡을 당신에게 보냈던 게 부끄러워지는군요. 누구 아버지가 더 병신이지? 이런 걸 당신하고 비교하고 싶지는 않았는데, 망할 놈의 우리 아버지가 더 준수해 보이는 건 어쩔 수 없네요.

딸을 마귀라고 부른 아버지와 딸에게 마귀 노릇을 한 아버지. 누가 더, 네가 내가, 나쁠까. 물론 세상에는 딸을 강간하고 살인하는 사람들도 있어요. 그렇다면 우리가 효도를 해야 하나요.

오전 02:25

민정

아버지, 이 질은 당신의 피와 살을 받아서 만들어졌 죠. 거기 당신 걸 쑤셔 넣거나 더러운 손으로 만지거 나 하지 않아줘서 고마워요(원래 남자는 손 안 씻고 팬티 안으로 손부터 쓱쓱 넣을 때 죽이고 싶은데 그 게 아버지가 됐다고 해서 우리 딸 깨끗하게 다뤄야 지, 하면서 손 씻을 것 같지가 않아!), 정말 어찌나 고 마운지.

딸들은 흔히 엄마에게 말해요. 날 왜 낳았어? 아버지 에게 그런 말을 하지 않는 이유는 뭘까요.

오전 02:26

민정

아버지 날 낳으시고 어머니 날 기르시고, 란 옛날 노 래가 있잖아요?

오전 02:27

민정

아버지가 날 낳으시긴 뭘 낳으셔, 싸셨지, 찍.

당신의 처절한 말에 이렇게 장난스러워 보이는 말로 대 꾸하고 있는 내가 제정신이 아니게 보일지 모르겠어요.

하지만 정말 그래요. 어머니에게 왜 낳았느냐고 진지하게 따지는 것은 어머니가 '받아들이는' 쪽의, 그래요. 좀처럼 쾌락이라곤 느끼기 힘든 그놈의 섹스란 걸 하고 열 달 그러니까 1년 가까운 시간 동안 아이를 몸으로 품으면서 나중에 남자들은 쇼크사 할 정도라는 고통을 견디고 낳잖아요.

그러니까 그런 뜻이 있는 것 같아요. 뭐 좋은 꼴을 보겠다고 나를 낳았어? 이러려고 그 고생을 했어? 그런데 아버지에게 그런 질문을 하기엔 굉장히 민망한 것 같아요. 왜냐하면….

오전 02:30

민정

남자들은 툭하면 싸잖아요? 그냥 뭐, 경험 없을 때 싸고… 야동 보면서 싸고… 여자 만나면 당연히 싸고… 오죽하면 질질 싼단 말이 있겠어요. 졸릴 때 잠 안 와도… 아 나 정말 저질이다. 뭐 하여튼 그렇지 않나요?

툭하면 찍찍 싸는 종자들이니까 그 앞에서 정색하고 아버지 날 왜 낳았어요, 라고 묻기가 참 뭐하단 말이에요. 왜냐하면 아버지는… 아버지는 그냥 쌌을 뿐이란다, 그러면 난 뭐가 돼. 좀만 참았으면 이 세상에 없었을 건데.

오전 02:32

민정

좀 참지 그랬어 아버지.

오전 02:33

252

난 늘 아버지가 좀 참지 그랬느냐고 생각해온 축인데, 진지하게 엄마에게 날 왜 낳았느냐고 했다가 왜 하필 네가 수정됐니, 라는 질문을 받은 적이 있어요.

그 시간에 나대서 수정이 안 됐으면 될 일을 뭐하러 나댔니, 라고 엄마가 짜증난 얼굴로 묻는데 뭐라고 할 말이 없더라구요. 그래요. 나댄 죄지 뭐….

당신한테 왜 나댔느냐고 물을 생각은 조금도 없어요. 그러니까, 당신에게 늘 기분부전의 주요한 원인으로 작용해온 친부가 이제 병이 들어서 목숨이 위태롭다는 거죠?

오전 02:34

민정

그래도 자비로운 편인 당신의 친척들은 혹시 후회할까봐 찾아가보는 게 어떻겠니, 라고 물어본다는 거고. 그래서 당신이 한 대답은.

난 그런 데 안 갑니다.

오전 02:36

민정

나도 그런 말 할 수 있었으면 좋겠어요. 난 그런 거 안 합니다. 난 그런 거 안 해요. 이를테면 아직까지 내가 구원받길 바라면서 새벽마다 하는 어머니의 기도에 찬물을 끼얹는 것 같은 일이요.

어머니는 새벽마다 무릎을 꿇고 기도를 하세요. 타락의 권세에 사로잡혀서 술을 마시고 가끔 담배를 피우며 이혼을 했는데도 정신을 못 차리고 가끔 외박을 하는 딸이 구원받고 하나님 곁에, 예수님 곁에 머물기를 원하는 기도죠.

절대 자신의 안위를 위해 기도하시진 않아요. 오로지 십자가 곁에 내가 돌아오기를 원하는 기도예요. 잃어버린 딸이 주님 곁으로 돌아오라고.

오전 02:36

민정

난 그런 데 안 가요.

오전 02:38

민정

난 그런 데 안 갑니다.

전도지 거절하듯 한 번이라도 그렇게 말해볼 수 있으면 좋겠군요.

오전 02:41

민정

나의 아버지는 당신 아버지처럼 악질은 아니었어요. 차라리 대놓고 악질이었으면 나는 19층에서 투신하고도 남았을 텐데.

하지만 아버지는 그다지 유능력하지 않았기 때문에

19층에서 투신할 수 없었어요. 사람이 반지하에서 투신할 수는 없잖아요…?

그는 몇 년 전에 병사했어요. 병의 진단이 내려진 지 2주 만에 세상을 떠났죠. 나는 당신에게 이게 어떤 판단의 준거가 되기를 기대하지 않아요. 오히려 그러지 않았으면 좋겠어요.

오전 02:43

민정

사고사도 이것보다는 마음의 준비를 오래 할 수 있대요. 그가 세상을 떠난 건, 오십 몇 년을 살아본 다음에 아차 이거 아니네, 나 잘못 태어났네, 하고 그제야 깨달은 사람처럼 신속하게 떠났어요.

내가 그에게 고마움을 느끼는 건 병마를 깨닫자 집 빼라는 통보를 받은 단정한 세입자처럼 육체에서 신속히 퇴거했다는 배려예요. 마지막 순간엔 고통이 있었지만 나야 내 일이 아니니까.

어머니는 소복을 간곡히 거절했고 나는 고마웠어요. 왜냐하면 상주에겐 상주의 일이 있거든요. 그건 모든 비용을 거절하는 일이죠.

오전 02:45

민정

소복이 사오만 원 해요. 우리는 그 값을 절약할 수 있었죠. 어머니는 기절할 것처럼 몸을 좌우로 흔들며 통곡하면 이모들이 붙잡아줬지만 상주는 이것저것 끌려 다녀야 하거든요.

제일 먼저 장례지도사에게 가서, 프렌치프라이도 같이 하시겠어요, 신제품 밀크셰이크가 잘 어울리는데, 컵샐러드는 어떠세요, 하는 맥도날드 알바에게 거절하듯이 아니요, 됐어요, 버거만 주세요, 라고 대답하듯이 꽃이며 양초며 거절하고 그냥 제일 싼 관하고 시체만 주세요, 라고 간곡히 주문하는 거죠.

그게 상주의 일이에요. 사람들이 어휴 얼마나 슬프세요, 하면 돈을 챙기면서 그냥 죽은 것뿐이에요 우리도 다 저렇게 돼요, 하는 미소나 지어주고. 혹시 슬프면 혼자 울고.

상주가 진심으로 울면, 모두 당황해버리거든요. 의례적인 인사를 기대하고 온 사람들에게, 5만 원이나 쥐어준 사람들한테, 자 여기 내 진짜 슬픔을 보라고, 감당하라고 하는 건 너무나 불공평한 거래잖아요.

오전 02:47

난 당신에게 무엇도 충고할 수 없는 입장이에요. 당신의 마음의 고통도 차마 헤아릴 수 없어요. 왜 우리 인생의 남자들은 가끔 우리를 웃기는 것 말고는 이렇게 고통만 주는 거죠?

당신이 대답할 수 없다는 건 알지만 누구에게라도 따져야겠어요. 아 참 맞다, 하나님이 있구나, 당신 남자죠. 당신은 어떤지 모르겠지만 신이시여, 적어도 당신 아들은 남자죠?

오전 02:50

"감정의 보호막이 벗겨질 때
성장하는 순간이 있을 것이다."

〈처음 만나는 자유〉중에서

나의 장례식 식단 구성

20

──────── 4월 27일 ────────

수미

생일이었어요. 올해는 생일 파티를 하지 않겠다고 다
짐했지만 생일 전후로 어영부영 벌써 몇 번의 케이크
를 잘랐어요.

술 약속이 생기면 누군가가 케이크를 사와 초에 불을
켰어요. 노래를 불러주었어요. 함께 박수 쳤던 고마
운 밤들. 의외로 태어나길 잘한 거 같단 생각이 드는
스물아홉의 생일이에요.

아홉수라지만 내게는 좋은 일이 많이 생겼어요. 친구
들이 여전히 내 곁에 있고, 버려야 할 것들을 분명히
알게 되었고, 첫 번째 사랑을 끝냈으며, 아버지와의
관계를 단절하기 위한 서류를 구청에 우편으로 제출
했죠.

그의 번호는 휴대폰에서 차단했어요. 그는 자신을 차

단시켰다는 걸 몇 주만에 눈치채고 다른 번호로 내게 전화해 거센 항의를 했어요.

오전 00:10

수미

그 사람은 이제 나에게는 버려야 할 것이었는데, 그는 그 사실을 받아들이기 어려운지 계속 물어봤어요.

왜? 대체 왜? 나를 대체 왜? 왜 그렇게까지? 왠지 구구절절 두 번, 세 번 설명을 늘어놓고 싶지 않아서 나는 웃고 말았어요. 그렇게 됐어, 하고.

그는 술에 취해 몇 번 내게 술을 더 먹자는 메시지를 보내왔어요. 답장을 보내지 않다가 한 번 장문의 문자 메시지를 남겼더니 그의 항의는 단박에 멈추었어요.

남자들을 질리게 하는 것에 장문의 문자, 장문의 편지는 최고의 효과를 가져와요.

오전 00:12

수미

글 하나를 다 완성하지 못해서 ㅇㅇ, ㅅㅂ, ㄱㅅ, ㅅㄱ, 따위만을 남발하는 이에게 완성된 글자 수준을 넘어서 집처럼 쌓인 장문의 글을 보내면, 읽지 않거나 읽고 대답하지 않거나 둘 중 분명 하나가 돼요.

이제 나는 그가 행복하길 바라지도, 행복하지 않길 바라지도 않아요. 그는 그만 날아가쳤으면 좋겠어요.

오전 00:14

수미

내 소매 끝, 구두 앞코, 이제 그런 곳에 당연한 듯 붙어 있어보려고 술 먹고 전화하지도, 집 앞에, 동네에 찾아오지도 말았으면 좋겠어요.

그를 사랑하는 동안 나는 마음만큼은 언제나 다정하고 성의 있는 사람이 되고 싶었어요. 내 앞에 있는 상대가 무안하거나 마음 다치지 않길 바랐어요.

무안하고 마음 아픈 일은 너무 초라하게 만들기 때문이에요. 하지만 이제야 비로소, 다 내 뜻대로 되는 게 아니라는 생각이 들어요. 내 뜻이 없어서도 안 되고요.

오전 00:15

수미

그동안 나는 어디든 갈 수 있었지만 동시에 아무 데도 가지 못 했어요. 그는 사실 내가 계속 자신을 좋아하길 원했으니까요. 그렇다는 걸 알고, 그렇다는 걸 말할 수 있었지만 침묵한 것도 사실 다 멀리서 보면 희극이겠죠.

하지만 내 인생을 어떻게 멀리서 보고 살 수 있겠어요. 바로 코앞인 걸요. 초조함에 늘 바삭하게 구워지는 나날들이었어요. 그때까지의 나는 이제 타버린 걸까요.

오전 00:16

수미

생일 파티에서 나는 술 취해 우는 대신, 술 취해 사랑이 끝났다고 전하는 대신, 술 취해 다음 사랑을 시작할 거라고 장담하는 대신, 친부 이야기를 꺼냈어요.

내가 왜 그랬는지 모르겠지만, 그 자리에는 남자 친구들이 많았기 때문에, 그들의 이야기를 듣고 싶었던 거 같아요. 아빠가 위독하다고 작은 엄마에게 연락이 왔다고. 병원에서 마음의 준비를 하라고 했다고.

오전 00:20

수미

내가 말했을 때 이미 불쾌하게 취한 친구들이 그게 뭐 별일이냐는 듯 입을 모아 대답했어요.

그럼 병원에 가봐야지, 빨리 가봐야지, 아빠가 아무리 미워도, 낳아주신 분인데 가봐야지, 솔직히 아빠들 모두 잘못할 때 있지 않니, 그러니 병원에 가봐야지, 가봐야지, 가봐야지.

오전 00:21

수미

모두 입을 합쳐 말하는 걸 깜짝 놀라서 보고만 있었어요.

생각나는 한 많은 일에 대해 떠올려보았어요. 정말 그 일들이, 용서 못 할 일들이었을지 나는 다시 생각해보았어요. 아직도 떠올리면 나를 무너뜨리는 일들이 어떻게 용서가 될까요. 나는 패륜아인가요?

오전 00:30

수미

나는 밤중에 벌컥벌컥 내 방문을 열어젖히는 그가, 언젠가는 꼭 나를 강간할 것만 같아서 도저히 깊게 잠들 수 없었어요.

사람들 앞에서 내 바지 안으로 손을 집어넣는 장난을 치는 그를 낳아준 사람이라고 사랑할 수 없어요. 나는 자리를 박차고 일어나 그 사람에게서 벗어나야 했어요. 이제야 그렇게 되었는데 왜 내가 병원에 가봐야 하는지 모르겠어요.

사람들은 말했어요. 지금은 그렇게 하기 싫어도 먼 훗날에 네가 후회하게 될 거야, 그때의 너를 위해서 지금은 병원에도 가고, 장례식장에도 가는 게 좋아, 라고.

어떻게 이런 일이 나를 위한 일로 둔갑할 수 있죠? 내가 너무 편협한 건가요? 나는 너무 나밖에 모르는 걸까요? 나를, 나를 낳아주었는데, 내가 그러면 안 되나요? 나를 낳아준 게 감사한 일이었나요?

오전 00:35

 수미

그래서 집으로 돌아오면서 생각했어요. 장례식을. 그래도 아버지인데 가봐야지, 하는 사람들에게 대놓고 말하진 못했지만 그 사람이 나보다 더 오래 살 거예요.

그래서 그 사람의 장례식이 아니라 나의 장례식을 생각했어요. 무슨 음식을 차릴까. 그때 그곳에 온 많은 사람이 맛있는 밥을 먹었으면 좋겠다고 생각하면서 메뉴를 짜봤는데, 한 번 들어볼래요?

오전 00:40

수미

-첫날 저녁:

수육과 김장 김치
생김과 간장
쌀밥
전 3종(참치전, 고추전, 감자전)
고사리나물 무침
애호박 무침
동치미
닭곰탕

오전 00:42

수미

-이튿날 아침:

누룽지
오이지
코다리찜
동치미

오전 00:45

수미

-이튿날 점심:

수제비
배추 겉절이
애호박 무침
김치전

오전 00:46

수미

−이튿날 저녁:

국물 떡볶이
타코
치킨 가라아게
양배추 간장 샐러드
토마토 에멘탈 치즈 샐러드

오전 00:48

수미

−마지막 날 아침:

클램차우더
빵
제철 과일

오전 00:49

수미

식사도 되고 해장도 되고 안주도 되는 것으로 골라보
았는데, 이렇게 먹이려면 역시 내가 차려야 되는데
말이에요.

아쉬워서 어떻게 죽어 있을까. 아마 내가 죽어서 가
장 아쉬운 것은 뭘 못 해봐서가 아니고, 내가 해먹이
고 싶은데 못 차려줘서… 바로 그 점일 거예요.

오전 00:53

쉴 새 없이 가슴을 내리치는 이 고통은
어째서 나를 죽일 수 없나

김윤아, 〈키리에〉 중에서

당신의 슬픔에 경애를

4월 28일

민정

똑똑. 자요?

오후 11:18

 수미

민정 씨, 지금 술 먹죠?

오후 11:21

민정

수미 씨가 정성 들여 짠 메뉴들, 읽기만 해도 술이 쫙쫙 땡기더라구요. 나라면 삼일장씩이나 하지도 않을 거고, 삼일장을 할 만큼 사람들이 오지도 않을 거고, 그냥 생맥주 서버를 갖다놓고 치킨이나 시켜놓겠어요.

그런데 내가 술 먹고 있는지 어떻게 알았어요?

오후 11:22

270

수미

그냥 느낌이 온다면 웃기죠? 저는 요즘 맥주 말고 소주 말고 소맥에 흥건해져요.

퇴근하면 집에 빨리 가고 싶어져요. 혼자서 그 시원하고 알싸한 소맥 파티를 열고 싶어서.

오후 11:23

민정

저도 지금 소맥 마셔요.

오후 11:25

 수미

소주와 맥주가 지금 문득 민정 씨와 나 같아요.

오후 11:27

 수미

우리가 같이 우리 이야기를 마시는 그런 기분이요. 요즘은 혼자서 마셔도 민정 씨와 마시는 기분이 들어요. 그런 의미로 건배.

오후 11:28

민정

내가 소주입니까 맥주입니까, 짠.

오후 11:29

 수미

당신에게 경애를, 건배!

오후 11:31

민정

반사하겠어요.

오후 11:33

수미

역할은 서로 가끔씩 바꿔요. 소주 역할, 맥주 역할.

더 슬픈 사람에게 소주 시켜주기.

오후 11:34

민정

좋네요.

오후 11:35

수미

안주는 뭐예요? 오늘은 민정 씨가 소주해요.

오후 11:37

민정

나 사과할 게 있어요.

오후 11:40

수미

민정 씨가 저한테 무슨 사과요?

오후 11:41

민정

처음에 아무렇지도 않게 부양할 부모가 있느냐고 물어봤던 거.

그날 말해버린 것들은 죄다 마음에 걸리더니 정말 그런 일이 있었던 거잖아요

정말 미안해요.

오후 11:46

수미

진실을 꿰뚫어봐서 미안해요, 이건 너무 웃기잖아요.

오후 11:47

민정

이건 내가 워낙 말이 많다 보니 아무 말이나 얻어걸려버린 거예요.

오후 11:49

수미

언제부턴가 저는. 누군가가 아버지는 뭐하는 분이셔? 하고 물어보면, 안 계세요, 하고 마는 걸요.

오후 11:51

민정

어릴 때는요?

오후 11:54

273

수미

어릴 땐 아무도 묻지 않았죠. 온 동네 사람이 아빠가 주정뱅이에 술집 여자에게 혼이 팔려서 집에서는 살림이나 부수는 걸 알았으니까.

오후 11:57

민정

저런.

오후 11:59

─────────── 4월 29일 ───────────

수미

다 커서요. 이렇게 어른이 되어서. 으레 인사치레로 아버지는 뭐하는 분이셔? 하면, 저는 저도 모르게 안 계세요, 하고 자연스럽게 말하게 되었어요.

실제로 함께 살지 않기도 하고 전혀 연락이 닿지 않은 지도 여러 해가 지났으니까. 어느 순간부터 저도 자연스레 그에게서 벗어나고 있었나 봐요.

오전 00:05

민정

그건 좋은 일이었는데.

오전 00:06

수미

좋은 일인데, 사람들은 제 대답을 들으면 모두 안쓰러워 웃으면서, 그런데 참 잘 컸네, 하죠.

오전 00:08

민정

잘 큰 게 뭐죠? 나도 잘 컸다고 말해주고 싶었는데 방금 생각해보니 잘 큰 건 뭐죠? 궁금해지네요.

오전 00:09

수미

저도 들을 때마다 웃겨서 실제로 웃어요. 그게 뭐예요! 그러면서.

오전 00:11

민정

나한테 안 징징대서 고맙다. 나한테 폐를 안 끼치고 잘 커서 고맙다. 나한테 울고 불면서 어려웠던 이야기 안 해서 고맙다.

뭐 이런 이야기 아닐까요?

오전 00:14

수미

얼굴에 우환이 없어 다행이구나. 어른에게 말대답 하지 않는 걸 보니 잘 컸구나?

오전 00:16

민정

나를 불편하게 하지 않다니 넌 참 잘 컸어.

오전 00:17

수미

정답! 잘 컸네요. 부끄럽게도. 적어도 우리가 우리의 아버지들을 핑계로 타인을 다치게 하지 않았다는, 그 것만큼은 자부심을 가져도 좋을 것 같아요.

오전 00:18

민정

끝내기로 했지만, 이럴 때 그 사람이 연락이 온다면 더 좋을까요, 나쁠까요?

오전 00:20

수미

나는 사실 언제라도 그의 연락이 오는 게 좋지만 실 은 슬프고 힘든 날에 더 기다려요.

휴대폰 전화번호부를 검색하지 않고 일부러 그 사람 이름까지 주욱 내려서 보곤 해요.

오전 00:25

민정

기다린 보람이 있던 때가 있었나요? 아니면 앗 뜨거, 하고 도망치던가요? 왠지 위로해줬을 거 같아.

오전 00:27

276

수미

아니요. 그렇게 슬픈 날 우연히 만나면.

오전 00:29

민정

막 즐거워져버리는 거 아니에요.?

오전 00:31

수미

저는 슬픈 일들은 말하지 않아요. 그냥 함께 마시는
술만으로 기쁨을 얻어요.

오전 00:33

민정

맞혔네.

오전 00:34

수미

바로 그거. 맞혔어요.

오전 00:36

민정

거기 있어준 것만으로 기쁨을 줘버렸구나.

오전 00:38

수미

그냥 여기 있구나, 여기 이렇게 내 옆에 있구나.

오전 00:40

민정

나쁜 놈. 요즘은 연애 잘 되나보다, 연락도 안 하고.

오전 00:43

민정

그럴 때 위로가 되는 남자를 한 명도 못 봐서. 그런 게 너무 신기해요. 남자를 그런 데다 쓸 수 있다니!

오전 00:46

 수미

우리 주변에 기가 흐르는 거 아닐까요?

오전 00:48

민정

박복한 기? 수미 씨는 자기 주변에 기가 흐른다고 생각한 적 있어요?

딴 얘긴데 소맥 비율을 어떻게 해요?

오전 00:51

 수미

소주잔의 8부, 그리고 그걸 맥주잔에 담아서 맥주를 입술만큼 남겨두고 부어서 수저로 유리잔 바닥을 탁!

오전 00:55

민정

그 비율은 알려줘도 입술이 어떻느냐에 따라 유동적인 비율이군요!

오전 00:57

수미

네, 그렇지만 무엇보다도 그날의 기분! 어떤 날은 소주 좀 더 넣고 싶고 어떤 날은 소주 좀 덜 넣고 싶고 그런 기분!

민정 씨라면 알죠? 알죠? 금방 취해서 자고 싶은 날과 연하게 타서 천천히 많이 먹고 싶은 날.

오전 00:59

민정

그럼요. 도수를 소주가 조절해줘서 참 좋은 것 같아요.

오전 01:03

수미

오늘은 그 마음이 헷갈리는 날이어서 마시는 잔마다 비율이 달라지고 있어요.

누군가 말해줬어요. 그의 새로운 여자 친구가 열아홉 살이라구요.

오전 01:05

민정

맙소사, 굉장하다. 고3이거나 대학생이겠네. 고3이려나. 대부분?

오전 01:07

수미

아무튼 이제 곧 스무 살이 되겠죠? 옛날의 나처럼.

오늘은 자꾸만 시간을 확인했어요. 마음이 불편한 이 모든 시간을 다 내다 팔고 싶었어요.

그러나 나는 언제나 그 시간을 사오죠. 모든 불안을 덤으로, 가장 호구가 되어서요.

오늘은 왠지 그 사람에게 그때 나도 충분히 어렸는데, 나에게 왜 함부로 그랬냐고 너무나 사과 받고 싶었어요. 사과 받고 싶은 마음은 언제나 매번 실패했죠.

다만 위안으로 삼을 만한 것이라면 실패당하지 않고 실패하고 말았다는 것. 미안하다는 말을 듣지 못할 거니까, 요청하지도 않았다는 것.

오전 01:10

수미

그렇지만 이것도 온전하지 않은 것은, 실패당할 자신이 없어서 실패해버리고 말았다는 거겠죠. 실패 중 최하위의 실패요.

그렇지만 잊힌 상태도 나의 전부. 그가 없는 빈자리도 지금 내가 가진 것들이에요. 그래도 나는 그를 그만 나에게서 내보내고 멈추기로 결정하였으니, 앞으로 새로 태어날 상처 없이 이 빈자리에 대해서만 생각하면 될 거예요.

그렇게 생각하니 반나절쯤은, 외롭지 않았어요. 방심하고 있으면 그 사람 때문에 마음 아파지게 돼요. 그 사람과 쓰던 메신저앱이 자꾸만 업그레이드 받으라고 알려와요.

오전 01:12

수미

나는 이걸 업그레이드 받으면 그동안의 모든 대화가 지워질까봐 두려워서 매번 패스하고 있어요. 휴대폰이 꺼졌다 켜지면서 자동으로 업그레이드될까봐 배터리를 늘 충분히 충전해둬요.

업그레이드한다는 것은 어쨌든 좋은 쪽으로 바뀌는 거니까, 아마 업그레이드를 받아도 대화가 삭제되지 않을지도 모른다는 생각을 못 하는 게 아니에요. 그냥, 지금은 그러고 싶지가 않은 거예요. 도저히 그렇게 할 수가 없는 거예요. 스마트폰의 어플들은 수시로 업그레이드되죠.

오류를 수정하고 속도를 향상시키고 기능을 추가하고 디자인을 바꿨대요. 그러지 않아도 된다고, 그러지 말라고, 그만 좀 하라고, 바꾸지 말라고, 호소하고 싶었어요. 더 나아지고 싶지 않아요.

오전 01:20

수미

보고 싶어요. 너무 외로워.

오전 01:38

수미

물론 비약이라는 것을 알지만, 프렌즈팝이란 게임을 하다가도 가슴이 사무치는 순간이 와요.

이 판은 끝났다는 것을, 가망이 없다는 것을, 앞으로 남은 이동 횟수 따위는 승리까지 아무 의미 없다는 것을 예감하게 되는 순간이 와요. 가망이 없는 판이란 것을 알았을 때 게임을 일시정지하면, '계속하기'와 '그만하기'와 '재시작' 버튼이 나와요.

이 순간이에요. 가슴이 사무치는 순간. 제일 첫 번째 버튼이 '계속하기', 그다음이 '그만하기', 그리고 가장 쿨한 '재시작'. 계속하기 버튼을 누를 때는, 내가 이 게임의 세계 챔피언이 되었다는 비장함으로 시작해요.

나는 아주 어려운 대진표에 참가하고 있는 챔피언이야, 역경을 딛고 나는 할 수 있어, 그렇게 신중한 망상으로 게임에 임해도 실패했을 때, 안타깝지만 이동 횟수가 바닥났다는 메시지가 뜨죠. 아쉽지만 이번 판은 실패라고. 그리고 바로 이런 메시지가 떠요.

'아이템을 사용하면 이어서 할 수 있어요.'

오전 01:40

수미

가슴이 사무치는 거예요. 이 맹랑한 희망 카드. 아이템 쓴다고 될 거 같지 않다고, 내게는 곧이어 두 번째 실패 메시지가 뜨고 말겠죠.

이제 그만, 아니면 말고, 하고 손을 털 수 있는 사람이라면 좋겠어요. 그리운 사람은 언제나 한 명. 그게 너무 어려워요. 한 명이 초과될 수 있다면 아마 그때부터는 행복한 사람이 될 수 있을 거예요. 아무도 특별히 그립지 않은 거니까.

그리운 사람은 언제나 귀신처럼 나에게 붙어 다니고, 내 방 창문 밖으로 드나들어요.

오전 01:45

그대 나에게서 늦은 계절을 보리라

누런 잎이 몇 잎 또는 하나도 없이
삭풍에 떠는 나뭇가지
고운 새들이 노래하던 이 폐허된 성가대석을

그대는 나에게서 이런 불빛을 보리라

청춘이 탄 재, 임종의 침대 위에
불을 붙게 한 연료에 소진되어
꺼져야만 할 불빛을

소네트 #73

캠핑 시작

이 정도의 집중과 열정이 불붙는 것은 흔한 일이 아니었다. 이렇게 열과 성을 다한 쇼핑은 정말이지 처음이었다. 벌써 자정이 다가오는 시각, 그녀들은 대형마트 그릇 코너 중에서도 냄비들이 즐비한 가판대 앞에 서 있다.

"이 정도면 될까?"

민정은 냄비 하나를 들어 뚜껑을 열어보며 말했다.

"거기에 라면 열 개나 들어가려나. 그 정도로는 어림도 없어요. 곰솥으로 봐요."

"근데 곰솥이라는 말, 재미있다. 푹 고을 때만 쓰라는 거 아니야?"

"푹 고을 때 쓰는 건 재질이 뭔가 다른 거겠죠? 아무래도 냄비가 타버리면 곤란하니까… 불이 날 수도 있고….."

"해보면 알겠지. 어차피 한두 개로는 어림도 없어. 대충 제일 큰 걸로… 하나, 둘, 셋, 넷… 일곱 등분 정도면 될까? 사이즈 말이야. 수미 씨가 잘 알 거 아니야."

수미는 민정이 고른 곰솥을 받아 양팔로 둘러 안아보았다. 차갑고 미끈한 감촉의 곰솥. 스테인리스 특유의 냄새.

"기분이 좀 이상해요."

"지금 이상할 여유 없어. 대충 사이즈만 생각해봐."

"그게… 떠올리면서 안아보려니 정말 기분이 이상하네요. 이걸로 일곱… 아니 다섯 개면 될 거 같아요."

"정말? 확실해?"

민정이 믿을 수 없다는 듯 미간을 좁히며 재차 확인했다.

"이거 환불하고 하려면 내일 와야 되니까 우리 진짜 신중해야 돼."

수미는 단호히 고개를 끄덕였다.

"제 말을 믿으세요. 제가 그 사람 하루 이틀 봤나요. 근데 여기 CCTV가 정말 많네요."

"뭐 어때. 나 돈 있어."

"아니 훔치겠다는 게 아니고… 저도 돈은 있어요."

"근데 무슨 걱정이야."

"여자 둘이 솥을 이렇게 많이 사는 거. 괜찮을까요?"

"수미 씨가 솥을 안 사봐서 어색한 거야. 이 정도 사도 돼."

"솥을 사보셨어요?"

수미는 두 눈을 동그랗게 뜨며 되물었다.

"혼자 사는데 무슨 솥을 사보겠어. 그냥 그렇단 거지. 여자 둘이서 맥주 두세 박스씩 사가는 것도 해보지 않은 사람들에게는 어색하겠지, 뭐."

"아, 그런가요. 언니는 역시 똑똑해요."

대형마트에서는 별 걸 다 팔고 있었다. 등산용 지팡이, 사람 하나 둘은 너끈히 들어갈 만한 바퀴 달린 트렁크, 삽, 부탄가스와 휴대용 레인지, 돗자리, 목장갑, 커다란 손전등과 예비용 건전지, 캠핑용 램프… 마트에서 주는 종이 쇼핑백으로는 턱도 없었으므로 두 사람은 과자 박스와 라면 박스를 하나씩 집어 물건들을 담았다. 어쩐지 손이 떨려 아무렇게나 쑤셔 넣는 민정과 달리 수미는 신중한 눈으로 각도와 크기를 고려해 버리는 공간 없이 알뜰하게 박스를 채워나가고 있었다. 민정은 그제야 생각했다. 이 사람 무서운 여자였지.

이것저것 꼭꼭 들어찬 박스를 집어 올리려다 수미가 중심을 잃고 비틀거렸다. 무서운 것치고 힘은 얼마 없었다. 민정은 수미가 들려다 실패한 박스를 자기 것과 바꿔 들었다. 택시는 금방 잡혔다.

**

　수미는 부엌 겸 거실 바닥에 포장용 대형 에어캡을 잔뜩 깔았다. 지난겨울 베란다 창 단열을 위해 인터넷으로 필요 이상으로 많이 사 뒀던 게 아주 유용하게 쓰였다. 민정과 수미는 마트에서 사온 우비를 입고, 양손에는 목장갑을 두 겹씩 꼈다.

　쉽지 않은 작업 앞에서 일단 큰 숨을 한 번 쉬었다. 일종의 각오였다. 수미가 몸통을 꽉 붙들고 민정은 될 수 있는 한 관절 부위를 찾아 망치와 정을 들고 힘껏 내리치기를 반복했다. 비닐을 뒤집어쓴 온몸에 땀이 흥건했고, 둘은 헉헉대며 숨을 몰아쉬다 이따금씩 찬물을 연신 들이켰다.

　"이게 굳어서 딱딱해지니까 확실히 어렵네. 우리처럼 물렁물렁한 게 아니야."

　"맞다. 저 장미 칼이 있어요. 한 번도 써본 적 없었는데 한 번 꺼내 볼까요?"

　가쁜 숨을 몰아쉬며 수미가 말했다.

　"하나뿐이야?"

　"아니 4종 세트예요. 부수는 건 아무래도 무리일 거 같은데."

　"푹 고아야 하는데 뼈도 같이 넣어야지."

그는 분명 영양분으로 가득할 것이다. 수미가 그를 채워왔으니까. 수미의 모든 정성과 열정이 양분으로 그를 알알이 채웠을 테니까. 수미는 이 곰탕 재료의 품질에 대해서는 전혀 걱정하지 않았다. 한우 최상등급이라 해도 이 곰탕보다 더 고영양일 리 없을 것이다.

그렇게, 그토록 사랑한 오빠는 곰탕이 되어 끓어올랐다. 집안 곳곳의 휴대용 버너와 가스레인지 위에서, 곰솥 다섯 개에 나누어져 팔팔 끓어올랐다. 집 안은 열기로 가득했다. 피비린내를 다 녹여버릴 만큼 강력한 열기였다. 민정은 지쳐 베란다 타일 바닥 위에 널브러져 있었다. 냄비 뚜껑이 끓어오르면 수미가 차가운 물을 보충해 넣었다. 바닥을 걸어 다닐 때마다 포장용 에어캡이 뽁뽁 하고 깨지는 소리가 허공을 건드렸다.

아침이 밝고, 수미는 푹 고아진 것을 들고 밖으로 나갔다. 나가서 배고픈 사람들에게 탕을 나누어주었다. 웬일인지 거리에는 배고픈 사람들이 끊임없이 줄을 섰고, 수미는 계속해서 탕을 나누어줄 수 있었다.

"맛있나요? 여러분, 맛이 어떤가요? 따뜻한가요?"

수미는 바쁘게 국자로 탕을 뜨면서 연신 소리쳐 물었다.

"여기 소금과 후추도 있어요. 맛있게 드세요!"

솥을 끊임없이 커다란 국자로 휘젓던 수미의 심장이 세차게 뛰었다. 마치, 다시 사랑에 빠진 것 같이. 9년 전 사랑에 빠진 날 이후 하루도 이런 날이 없었다. 그토록 기다린 다음에야, 마침내 좋은 것이 온 것이다. 수미는 거리를 가득 채운 오빠의 냄새를 맡으며 눈을 감았다.

오빠가, 좋은 것이 되다니.

**

잠에서 깨어났을 때 택시는 아직 어둠 속을 달리고 있었다. 수미는 식은땀이 흥건한 채 웃는 얼굴이었다.

"일어나, 이제 다 왔어. 어디 아파?"

"아, 아니에요. 잠깐 너무 깊이 잠들었어요."

"무슨 꿈을 꾸면 그렇게 땀을 흘려?"

"글쎄 꿈속에서 그 사람을, 곰탕으로 끓여서요."

"쉿!"

민정은 택시 기사의 눈치를 살피며 급히 수미의 말을 막고는 제풀에 놀라 어색하게 웃었다.

"택시비는 내가 낼게. 기사님, 저 카드로 계산할게요."

"아니, 현금으로 내요."

카드를 제지당한 민정은 수미의 상기된 눈빛과 입술을 봤다. 민정은 순 허점투성이인 것 같아도 이 사람 다 생각하고 있구나, 우리는 진지하게 이 이후에 대하여 생각해야 한다, 지금 무슨 일을 하고 있는 것인지를, 하고 되뇌었다. 민정은 마트에서는 미처 실감이 나지 않았는데 이게 분명 꿈이 아니라는 사실을 확인했다.

아침 뉴스는 몇 시부터 하더라, 우리는 다시 그 전처럼 출퇴근하는 삶을 지킬 수 있을까?

수미의 집은 마트에서 멀지 않았다. 꼭 오천 원 요금짜리 거리였다. 원조해줄 부모님이 없고 그다지 높지 않은 수입으로 혼자 사는 여자가 살 만한 동네였다. 오래된 저층 다가구주택이 시루떡처럼 층층이 쌓인 자그마한 거리는 딱 우범지대처럼 보였다. 지금 이 순간만큼은 이 거리가 으슥한 게 몹시 다행이었다. 민정은 CCTV같은 건 없겠지 싶어 마음을 조금 놓았다. 지금 우리가 우범지대에 꼭 어울리는 짓을 하려는 참이니까. 수미가 요금을 지불했고 민정은 트렁크에서 상자들을 꺼냈다. 택시가 떠난 후 민정이 물었다.

"저기… 여기 CCTV 같은 건 없겠지?"

"내년에 들어온대요."

"잘 됐네."

뭐가 잘 됐다는 거지. 민정은 본인이 말해놓고도 가슴이 서늘하여 고개를 절레절레 흔들었다. 몰라, 모르겠다. 잘 되고 있는 거겠지.

수미가 원룸 건물 앞으로 다가가 비밀번호를 삑삑 눌렀다.

"그놈이 현관 번호도 알고 있었어?"

수미는 얕게 한숨을 내뱉었다.

"내가 참 괜한 걸 또 묻고 있네."

민정은 자꾸만 횡설수설하려는 입술을 꼭 물었다. 엘리베이터가 없는 3층까지 짐을 들고 올라가는 일은 쉽지 않을 것 같았다. 어차피 금방 내려올 걸 생각해 도구는 그냥 1층 현관 안쪽에 두기로 하고 커다란 트렁크만 들고 올라갔다.

수미는 현관문 앞에서 열쇠를 꺼냈다. 열쇠 구멍에 열쇠를 넣으려는 손이 조금 떨고 있었다. 수미는 이 문을 그냥 이렇게 닫아두면 안 될까, 투잡이라도 뛰면서 이 집 월세만 잘 내고 평생을 살면 안 될까, 아니면 대출을 받아서 이 집을 사버릴까, 복잡한 생각에 빠졌다.

민정은 수미의 떠는 손을 가만히 보고만 서 있었다. 왠지 자신의 손도 떨려오는 걸 감추려 호주머니 깊숙이 찔러 넣었다.

"이 문은 왜 열어줬어."

"…열지 말걸."

수미는 조금 울먹이며 말했다.

"이제 정말 끝내겠다고 마음먹은 판에, 찾아오든 말든 문 열어주지 말지 그랬어."

"그러려고 했는데."

그러려고 했는데, 그러고 싶었는데. 결국 수미는 그 문을 열어주고 말았다. 술에 만취해 수미의 이름을 연신 불러대던 그가 말끝에 힝, 하며 우는 소리를 냈기 때문이었다.

**

"문 좀 열어줘, 힝."

그 '힝.' 그 소리를 듣자마자 수미는 견딜 수 없어졌다. 현관문을 벌컥 열어 그를 보았다. 만취한 그가 배를 내밀고 중심을 잡아 겨우 서 있었다. 우리는 얼마 만에 보는 걸까. 수미는 그가 술을 얼마나 마셨는지보다 우리가 얼마 만에 만난 것인지를 먼저 헤아려보았다.

우리가 했던 마지막 섹스는 아마도, 그가 지금의 여자 친구와 사귀기 전이었을까? 사귀기로 하고 얼마 되지 않아서였을까? 연애가 잘 안 돼서 술을 많이 마신 걸까? 힘든 일이 있는 걸까? 여기에는 왜 왔을까. 그래도 어쩌다 한 번은 내 생각을 하는 걸까? 수미는 잠시, 그를 보고 서 있었다.

"나 너어무 취했당."

그 남자는 쏟아지듯 수미의 집으로 들어왔다. 몸이 앞으로 기울어 쓰러질 것 같은데도 신발을 벗고, 양말도 벗고, 재킷을 벗어 옷걸이에 잘 걸어두었다.

"나 내일 출근해야 되는데. 힝."

그는 벗은 양말을 동그랗게 말아 쥐며 다시 '힝'하고 말했다.

"…해, 출근."

수미가 그렇게 말하자 그는 웃는 얼굴로 양말을 수미에게 던졌다.

"너 이거 내일 아침에 나 신고 가게 빨아놔."

수미가 대답이 없자 그가 다시 말했다.

"싫어? 싫어? 빨아서 잘 말려놓으라구우우."

그렇게 말하며 남자가 침대에 누웠을 때, 수미는 내뱉듯 그에게 말했다. 그냥 가라고, 마음이 바뀌었으니 이 집에서 나가라고. 그러나 그는 계속해서 수미를 불렀다.

"이리 와, 야, 이리 와. 야. 야! 야, 수미야! 수미야! 수미 너 양말 빨기 싫냐?"

"벌레 같은 사람."

"자꾸 뭐라고 하는 거야. 하나도 안 들려."

"벌레 같아."

그 사람이 문자로, 목소리로, 수미의 이름을 부를 때마다 한 번도 거르지 않고 가슴이 쉼 없이 뛰었다. 그러나 그 사람이 수미의 이름을 부르는 일이 많지 않았다. 아주 많이 취했거나 부탁할 말이 있을 때만 이름을 부르곤 했다. 그 이름은 마치 마법처럼 모든 걸 이뤄지도록 해주고 싶게 만들었다.

하지만 처음으로, 아무렇게나 대뜸 수미의 이름을 그가 불러대는 것이 징그럽고 거북하게 들린 것이다. 귓속으로 벌레가 들어오는 것 같았다. 수미는 그때, 그의 이런 무례가 자신에게만 지정된 것이라는 것을 새삼 깨달았다. 이미 알고 있었던 사실이 새삼스레 선명히 머리를 친 것이다. 몇 달 만에 만취해 나타나 여자의 집에서 이렇게 한다는 것은 무엇을 의미할까.

수미는 내일을 생각했다. 내일 아침이 되면, 그는 아무 일도 없었다는 듯이 양말을 신고 걸어둔 재킷을 입고 이 집에서 나갈 것이다. 침대에는 아마도 그의 머리카락이나 구불구불한 음모가 남아 이불에 붙어 있을 것이다. 수미의 배 위나 콘돔 안에 그의 정액이 뿌려진 지 단 몇 시간밖에 지나지 않아도 그는 술에 깨서 말이 없어질 것이다. 서둘러 이 집에서 나가려고 하겠지. 그리고 출근하는 길에는 여자 친구에게 전화를 걸고는 어제 너무 취해서 집에서 바로 잤어, 같은 변명들을 늘어놓겠지. 또는 친구들이 술 먹다 어디로 사라진 거냐고 묻는 전화가 오면 입꼬리를 올려 웃으면서 다 갈 데가 있지, 하고 어디 정신 나간 여자가 늘 있다는 듯이 쉽게 말하고 말겠지. 그러면 나는, 나는?

그 시간에 술에 취해 왜 여길 온 건지 어떤 변명도 듣지 못한 입장으로, 그래도 이렇게나마 얼굴 봤으니 됐다며 널브러진 털들을 삼키도록 청소기를 돌리면서 끊임없이 혼잣말로 괜찮아, 괜찮아, 괜찮아, 괜찮아, 괜찮아, 괜찮다고 뇌까리고는 주먹으로 머리를 치겠지. 버스를 타고 회사에 출근하다가 불현듯 아마, 울 것이다.

그 남자는 일어나 수미에게 다가와 서 있는 수미를 안았다. 수미의 볼에 닿는 술 취한 뜨거운 볼. 그는 허리를 움직여 아랫도리를 비볐다. 그가 목이 늘어난 수미의 티셔츠 사이로 아무렇게나 손을 넣어 가슴을 움켜쥐었을 때 수미는 생각했다. 하나도 행복하지 않다고. 목에 묻은 그의 침이 너무 더럽다고.

수미는 뒤로 한 발짝 물러났다. 그러면서 단지 남자를 살짝 밀기만 했을 뿐이었는데 그는 과장되게 휘청거리며 넘어졌다. 그러고는 바닥에 부딪힌 팔꿈치를 만지며 힝, 힝, 힝, 힝, 연거푸 콧소리를 냈다.

"힝. 나 너무 아펑. 여기 너무 아펑."

수미는 그의 코를 부수고 싶다고 생각했다. 저 코를 당장 부숴버리고 세상 가장 더러운 곳에 던져버리고 싶은 마음을 간신히 참아내며 그에게 말했다.

"양말 들고 그만 나가."

"뭐라구? 뭐라는지 안 들린다고."

"여기 왜 왔어! 나가! 냄새 나!"

"야, 내가 냄새 나? 내가 무슨 냄새가 나."

남자는 바닥에 주저앉아 수미의 다리를 양팔로 세게 껴안았다. 수미가 비틀대며 넘어지자 남자는 눈을 감고 수미의 티셔츠를 뒤집어 올렸다. 수미가 양팔로 모든 힘을 모아 그를 밀어내고 치자, 그가 더욱 우악스럽게 수미를 바닥으로 누르고 껴안으며 말했다.

"그럼 한 번만 하고 갈게."

"싫어! 싫다고!"

"나 좋아하잖아. 응? 너 나 좋아하잖아. 수미야. 내가 널 몰라?"

술이 다 깬 듯 갑자기 부드럽고 정확한 말투로 남자가 말했을 때, 수미는 잇몸이 주저앉을 듯 악물며 대답했다.

"안 해. 하면 거기를 물어뜯어버릴 거야."

9년 동안 한 번도 수미에게 거절당해본 적 없는 그였다. 그가 눈만 껌벅거리며 수미를 바라봤다.

"만지기만 해봐."

남자는 입 꼬리를 씰룩거리며 수미의 말을 따라했다.

"만지기만 해봐~ 만지기만 해봐~ 만지기만 해봐~ 만졌다!"

남자는 바닥에 누워 있는 수미가 제대로 움직일 수 없도록 양팔로 결박한 채 어깨를 흔들며 즐거운 기색으로 웃고 있었다. 그러다 잡았다! 라고 크게 외치며 수미의 가슴을 세게 움켜쥐었다. 수미의 브래지어가 목 아래까지 구겨져 올라가 있었다. 브래지어의 와이어가 아무렇게나 올라가 수미의 목젖을 건드리자, 수미는 그게 마치 목을 조르기 위해 준비하고 있는 장치같이 느껴졌다.

수미는 벗어나려고 손을 뻗어 남자의 머리끄덩이를 움켜잡았지만 박치기를 할 수도, 남자를 밀어낼 수도 없어 마치 남자의 머리를 어색하게 어루만지는 꼴처럼 돼버렸다.

"만졌다! 만졌다!"

남자는 연거푸 수미의 가슴을 툭툭 쳐댔다. 놀랍게도 남자의 발기된 딱딱한 성기가 느껴졌다. 수미는 차라리 자신의 입술을 피가 나도록 물어뜯었다. 가쁘게 몰아쉬는 숨소리가 으르렁거리는 소리로 들렸다. 남자는 거리낌 없이 수미의 팬티 속으로 손을 넣었다. 두껍고 지저분한 손가락이 질 안으로 불쑥 들어갔다.

이렇게 아무런 전희 없이 숱하게 해왔던 그와의 섹스들이 떠올랐다. 하나도 빼놓지 않고 다 기억하고 있었다. 수미를 위한 아무런 전희 없이, 어떤 즐거운 기분 없이, 건조하게 하던 섹스의 패턴. 수미가 남자의 성기를 만지거나 빨고 나면 바로 삽입으로 이어지던 중학교 교과서 수준의 수학 공식 같던 섹스들. 그게 왜 좋았는지 수미는 일일이 이유를 찾고 싶지 않았다. 그게 지금은 왜 싫은지도 따로 이유를 찾을 수 없었다. 싫다는 기분만이 머릿속을 가득 채우고 있었다. 물어뜯는 입술이 조금도 아프지 않았다.

남자는 수미의 입술을 타고 흐르는 시뻘건 피를 보고 깜짝 놀라 뒤로 물러섰다. 그제야 수미는 남자를 밀치고 일어나 싱크대로 가서 서랍을 열고는 식칼을 꺼내들었다.

"죽여버릴 거야."

남자는 엉거주춤 물러서 무릎을 바닥에 대고 앉아 있었다. 손바닥으로 얼굴을 쓸어내리더니 허공에 대고 큰 숨을 쉬었다. 술기운을 내보내려는 것처럼 보였다. 그리고 매우 귀찮은 듯 말했다.

"왜? 니가 날 왜? 내가 왜 죽어?"

남자도 일어서서 수미 바로 앞으로 다가섰다.

"내가 뭘 잘못했는데?"

수미는 갑자기 소리를 지르며 팔을 휘저었다. 칼끝이 어지럽게 허공을 가르다가 얼떨결에 남자의 팔을 긋고 말았다. 사방으로 피가 튀자, 수미는 칼을 떨어뜨리며 아무 생각도 하지 못 했다. 아무 생각을 하고 싶지 않았다.

수미는 다친 팔을 움켜쥐며 허리가 고꾸라지는 남자를 발로 차 넘어뜨리고 집에서 나가려 현관으로 향했다. 그 순간, 남자가 수미를 뒤에서 붙잡고는 바닥으로 내동댕이쳤다. 수미는 다시 칼을 집어 들고 그를 있는 힘껏 밀려고 하던 찰나, 그가 발을 헛디디며 뒤로 미끄러지듯 자빠지고 말았다. 침대 모서리에 머리를 세게 찧었는지 한쪽에서 피가 흐르는 것처럼 보였다.

팔에 상처가 났을 때 뿌려진 피였을까. 정말 머리에서 나는 피인 걸까. 수미는 기억이 잘 나지 않았다. 귀신이 한 짓이라며 공포에 떨

303

어도 좋으니 문을 열었을 때로 돌아가, 아무 일도 없던 것처럼 그 사람이 집에 가버렸으면 좋겠다고 생각했다. 꼭 집이 아니더라도, 아무 곳이나. 그가 없었으면 좋겠다고.

**

"그리고 나한테 연락한 거라고?"

민정의 물음에 수미는 고개를 끄덕였다. 마트에 있었을 때는 경황이 없었던 것인지 잘 몰랐는데 이제 보니 수미의 얼굴이며 머리카락에도 뭔가 고된 일을 마친 듯한 기색이었다. 옷은 갈아입은 것 같았지만 전체적으로 흐트러져 있었다.

정신없는 와중에 나에게 연락해야겠다고 생각했다니. 민정은 그만두려면 지금 돌아서야 한다는 걸 알았다. 바로 뛰어 나가버려도 되는 걸 민정은 기어코 한마디 하고 말았다.

"그거 잘 말하면 정당방위 될 수 있을 거 같아. 위험했고, 무서웠다고, 진짜 죽이려고 그랬던 건 아니라고 말해보자. 경찰에 신고합시다. 지금 여기서 경찰을 부르면 이거 막 크게 될 일이 아닌 거 같아."

크게 될 일이 아니라고 말하면서도 민정은 '진짜 죽이려고 그랬던 건 아니라고' 부분을 말할 때는 소리를 확 낮추고 조용히 속삭였다.

수미는 너덜너덜해진 입술을 굳게 다물고는 고개를 흔들었다.

"난 그냥 이렇게 하고 싶어요. 그 사람이 가여운 시체로 사람들의 동정받는 건 싫어요."

수미는 결국 열쇠를 돌려 문을 열었다. 뒤따르던 민정은 왠지 바로 바닥을 보지 못하고 방을 에둘러 보았다. 방은 조그마했지만 몇 가지 가구만으로 깨끗하고 단정하게 꾸며놓은 방이었다. 변기 뚜껑 위에 립스틱이며 브러시가 널려 있는 민정의 사정과 달리 좌식 화장대에 립스틱은 립스틱끼리, 마스카라는 마스카라끼리 옹기종기 정돈되어 있었고, 아담한 거울에는 여행지의 기념엽서가 핑크빛 마스킹테이프로 붙여져 있었다. 작은 프릴이 달린 커튼과 같은 톤의 침구가 싱글 침대에 깔려 있고, 이불이 단정하게 개켜져 있었다. 바닥에는 포근해 보이는 러그까지 있어 공주 스타일 같진 않아도 충분히 여성스럽고 단정한 방이었다. 딱 하나만 빼고.

"바보 같은 질문이지만, 무섭지 않았어?"

"그 사람, 언젠가 죽는다면 그렇게 죽지 않았을까요. 무섭다기보다 뭐랄까. 아, 결국 이렇게 되었구나, 싶었어요."

파스텔색의 러그 위에 널브러져 있는 남자와 그 옆에 떨어진 주방용 큰 칼. 배를 위로 향하고 구겨지듯 누워 있는 남자는 키가 170센티미터나 겨우 될 것 같아 보였다. 깡마른 봄통에 가느다란 두 다리. 아무리 수미가 여자지만 해볼 만한 상대로 보이기도 했다. 숨은 쉬나?
민정은 흡, 하고 심호흡을 하고서 남자의 얼굴을 자세히 들여다보았
지만 술 냄새가 진동해 진짜 숨이 멈췄는지, 아직 가늘게라도 쉬는
지 정확히 알 수 없었다.

"아후. 냄새, 냄새. 소주 서너 병은 마셨나 봐."

"평소에도 한 번 마시면 그만큼씩 마셔요."

"구급차 부를까?"

"다시 살아날까요?"

"아 정말 이거. 경찰에 신고하고, 죗값 치르고, 그래야 되는 거 아
니야?"

"이 사람 죄부터요. 제 것은 그 다음에."

"카톡할 때도 가끔 좀 희한하다고 생각하긴 했는데. 수미 씨 진짜
대단한 사람이네. 그래 뭐, 어차피 다시 살아날 것도 아니고."

말은 그렇게 했지만 민정은 다시 벌컥 겁이 났다.

"아, 정말 이걸 어떡해!"

수미와 민정은 등산로 입구에서 택시를 세웠다. 이민 가방만 한
캐리어를 질질 끌어 내리고 캠핑 도구들을 묶어 손수레 위에 올렸
다. 이것들을 들고 어둠이 사라지기 전까지 산속에 진입하겠다는 분
명한 목표가 두 사람을 더 결의에 차게 만들었다. 특별히 누구 하나

가 지시하며 이끌지 않아도 둘은 알아서 손발이 척척 맞았다. 수미가 먼저 커다란 캐리어를 양손으로 힘껏 끌었지만, 너무 온 힘을 다해서였는지 앞으로 고꾸라지고 말았다. 캐리어의 바퀴는 바닥에서 5센티미터도 움직이지 않았다.

"괜찮아?"

수미는 까진 무릎을 털며 일어났다.

"운동화를 신고 왔어야 했는데 샌들을 신는 바람에."

"그게 아니라 힘이 좀 부족한 거 같은데."

"바퀴가 지금의 열 배는 커야 할 거 같아요."

"…리어카?"

"그러고 보니 할머니들 항상 손수레 끌던 게 생각나네요. 보통 장바구니 같은 걸 끌고 다닐 일이 없었으니까, 어떤 면으로는 우리가참 편히 살았나 봐요."

"자기는 참 별 생각을 다 한다. 이 상황에서."

애초에 둘은 캐리어와 손수레를 하나씩 맡아 산을 오르기로 했지만 힘이 턱없이 부족해서 계획을 수정했다. 캐리어를 둘이 함께 끌어서 올린 다음 다시 내려와 손수레를 가져가기로 했다. 만만지 않은 비용을 들여 모조리 새 것으로 장만한 캠핑도구가 신경 쓰였지만이 밤에, 이 인적 드문 길 위에서 캠핑도구를 도둑맞기도 어려울 것같았다. 두 여자는 네 팔로 캐리어를 끌며 전진했다. 헉헉 몰아쉬는 숨소리만 숲속에 울려 퍼졌다.

수미는 축축한 밤의 냄새를 맡으며 어떤 날의 밤들을 떠올렸다. 수미는 그 남자와 늘 밤에 갑자기 만났기 때문에 다급히 밤길을 걷는 지금의 기분이 어쩐지 지난 어떤 날들의 수많은 밤과 흡사하다고 생각했다.

그 사람이 기다리다가 갑자기 집에 가버렸으면 어떡하지? 갑자기 마음이 바뀌어 내 전화를 받지 않으면 어떡하지? 수미는 언제나 갑작스레 걸려온 전화에 밤길을 헤쳐 다급히 달려 나가곤 했다.

한동안 연락이 뜸하면 이제 정말 그 사람을 잊을 거라고, 그 사람 마음속에 내 자리는 발톱만큼도 없는 거라고, 이제 제발 정신 차리자고, 나도 새로운 사랑을 시작할 수 있을 거라고, 다시 연락이 와도 절대로 받지 않을 거라고, 그렇게 수천만 번 다짐했지만 언제나 전화가 울리면 벨소리를 한 음절도 못 참고 받아버리고 말았다.

사랑하는 사람이 너무 좋아서 정신을 차릴 수 없었던 날들. 너무 좋아서 마음이 달려가고 불안하고 조바심 날 때, 그러니까 그 사람을 사랑하는 일에 고통이 수반되기 시작할 때 차라리 그 사람이 죽었다고 생각했다. 그 사람은 이제 죽었으니, 아무런 기대를 해서는 안 된다고, 그 사람은 이제 그만 죽고 없으니, 가끔씩 그런 사람이 있었다고 기억이나 하면 된다고, 그러면 이따금 치미는 서운한 마음도 말끔히 사라졌다. 그 사람은 이제 죽었으니까, 살아 있을 때 그런 일도 있었다고 회상하는 것은 얼마나 평화롭고 행복한 일인가. 그 사람이 준 서운함마저도, 그립게 될 것이다. 무엇을 해도 좋으니 살아만 있어달라고, 그렇게 간절하게 바라게 될지도 모른다고. 그런데 이제 정말 그 사람이 죽었다니. 이제 정말 기억하는 일만 남았다니.

캐리어를 힘껏 끌며 걷던 민정은 에이씨, 하며 욕처럼 내뱉듯 의견을 냈다.

"이게 더 힘들다. 차라리 꺼내서 들쳐 업자."

"안 돼요, 그러면 땅에 피가 줄줄 흐를 텐데. 우리가 올라간 길을 사람들이 모두 알게 될 거예요."

"아까 피는 거의 멈추지 않았나."

"그게. 저. 죽었을 때는 너무 정신이 없어서, 상처가 얼마나 컸는지 잘 기억이 안 나요."

수미는 누가 들을까봐 작게 속삭였다. 민정에게는 잠깐 불안이 바람처럼 닿고 지나갔다 다시 왔다를 반복했다. 나는 괜찮은 걸까? 민정은 캐리어를 계속 끌며 앞만 보고 가는 수미의 머리부터 발끝까지 쭉 훑어봤다. 여전히 떨고 있는 저 두 손. 저렇게 떨고 있으니 제대로 힘이 들어가겠나. 역시 괜히 나선 일 같았다. 민정은 땀에 젖어 이마에 들러붙은 머리카락을 훅, 하고 입바람으로 날리고는 중얼거렸다.

"자기 보기랑 좀 다르네."

"제가 어떤데요?"

"착해 보여."

"착하면 사람 안 죽이나요?"

"사람은 있지, 아무리 미워도 사람 잘 안 죽여."

"저도 오늘 많이 생각해봤는데요. 저는 이렇게 생각해요. 제가 착해서 이런 일이 벌어진 게 아니라, 길을 잘못 든 거라고요."

"길을 잘못 든 거라고?"

"옛날에요. 고등학교 때. 음악 시간에 나왔던 오페라 중에 이런 곡이 있었어요. 〈라 트라비아타〉. 길을 잘못 든 여자라는 뜻이래요."

민정은 문득, 생각했다. 라 트라비아타의 복수형은 뭘까? 여기 우리는 길을 잘못 든 여자들이니까, 복수형이어야 하는 게 아닐까?

수미는 가쁜 숨에 섞어 노래를 작게 흥얼거렸다. 민정은 그 노래를 들으며 생각했다. 쟤가 이제 아주 제정신이 아니구나. 하긴 지금 제정신이면 이상하지. 나는 뭐 제정신인가.

민정과 수미는 어중간한 산자락에서 멈춰 섰다. 더 높은 곳으로는 갈 수 없을 거라고 서로 암묵적인 동의가 이루어졌다. 우선 캐리어를 열어 그 남자를 쏟아냈다. 몸이 잔뜩 늘어진 그가 마치 얼룩이 지는 모양처럼 왈칵 쏟아져 나왔다. 순식간에 술 냄새가 진동했다. 쓰러지는 그를 세워 앉히고는 얇은 밧줄로 뱅글뱅글 돌며 그의 몸통을 감았다. 민정은 왠지 그의 몸이 흐느적대는 모양이 어딘지 모르게 축이 없는 것 같진 않아 의아했다. 그렇지만 시체를 본 일이 없었으니까. 상상과는 다르다고 생각했다. 민정의 생각으로는 시체라면 좀 더 축 처진 느낌이면서도 살은 딱딱하고, 언 고기처럼 차가울 것 같았다. 그러나 그 남자는 따뜻하고 부드러웠다. 갓 죽었기 때문일까. 민정은 얼굴을 뒤덮은 땀을 손등으로 훔치고 바닥에 마른침을 뱉었다. 수미는 잠시 그 남자를 빤히 봤다.

"이상하죠. 늘 그토록 그립던 사람이 이제는 그립지 않게 되다니."

민정은 수미는 잠시 바라봤다. 수미는 손끝을 더 이상 떨지 않고 있었다.

"눈앞에서 보고 있어도 정말 보고 싶었는데."

"실컷 봐. 이제 곧 안 보일 테니까."

어서 이 일을 끝내버리고 마음먹은 민정은 삽으로 구덩이를 파기 시작했다. 어느 정도 파다 보니 어깨가 붓고 허리가 아팠지만 어느 정도 요령이 붙어 꽤 깊은 구덩이가 생겨났다. 함께 땅을 파다 말고 몇 번이나 바닥에 주저앉아 옷에 흙먼지가 잔뜩 묻은 수미가 비척비척 작은 생수병을 내밀었다. 흙 묻은 손으로 얼굴의 땀을 닦다가 흙투성이가 된 민정은 공사판에 익숙한 노무자처럼 허리에 한쪽 손을 짚고는 벌컥벌컥 들이켰다. 물보다 막걸리를 사왔어야 했다.

어느새 서너 시간이나 지났다. 조금만 있으면 새벽 해가 떠오를 것이다. 그 전에 이 모든 일을 끝내야 한다. 땀을 연신 닦아내며 보니 수미는 한쪽에 깔아놓은 돗자리에 쌀자루처럼 늘어져 있었다.

민정은 끙, 하고 한숨을 쉬고는 삽을 내던졌다. 앞으로 두 번 다시 땅 같은 건 안 파, 나이 들어서 귀농 같은 것도 절대로 안 할 거야, 텃밭도 안 가꾼다, 삽이라면 지긋지긋해, 군대에서 삽질 한 남자들 이야기도 정성껏 들어줄 테다, 민정은 속으로 수백 번 다짐하며 삽을 흘겨보고는 팔을 주물렀다. 근육이 퉁퉁 부어 있었다.

다시 끙, 하고 소리를 내고 민정은 침을 꿀꺽 삼킨 다음 양문형 냉장고 크기만큼 간신히 파놓은 구덩이에 남자를 밀어 넣었다. 털퍼덕, 몸뚱아리가 떨어지는 그 소리에 민정은 움찔하며 눈을 질끈 감았다. 이렇게 버젓이 범죄자가 되다니, 암매장이라는 단어와 내 삶은 영원히 무관할 줄 알았는데, 아니 한 번도 생각해본 적 없었던 일이었는데. 은박 돗자리에 쓰러져 있던 수미는 조용히 몸을 떨었다. 민정은 집어던졌던 삽을 다시 들고 파냈던 흙을 구덩이에 다시 채우기 시작했다. 털퍼덕, 털퍼덕, 하고 흙이 떨어지는 소리에 수미는 파르르 떨었다. 민정도 스스로 하는 짓을 믿을 수가 없었지만 동작을 멈추면 절대 다시 계속할 수 없을 것 같아 더욱 손놀림을 빠르게 해서 흙을 덮었다. 수미가 무릎으로 기듯이 다가와 자기 삽을 집었다.

"됐어. 자기는 쉬어. 하지 마."

"그래도 제 일인데."

"지금 자기 상태가 여차하면 여기 두 명 묻고 가야 되겠어. 파는 것보다 묻는 건 훨씬 쉽네. 됐어, 누워 있어."

"미안해요."

"그럼, 많이 미안해해야지."

수미가 나가떨어져 있는 동안 묵묵히 작업을 계속한 민정은 부들부들 떨리는 팔을 계속 주무르고는, 수미에게 삽을 건넸다.

"이제 얼굴만 덮으면 돼."

수미는 물끄러미 구덩이를 바라봤다. 이제야 끝이다. 민정이 마지막 라운드를 앞둔 권투 선수처럼 스스로 제 양 뺨을 손바닥으로 치며 기합을 넣었다.

"아자잣, 힘내자!"

이제 이 황당한 짓도 거의 끝이 났다. 조금만 더, 조금만 더… 수미가 삽을 쥐고 흙에 꽂아 넣는 순간, 고장 난 라디오 같은 신음소리가 들려왔다.

"<u>끄</u>으응, 아이고."

흙에 거의 다 덮인 남자가 천천히 눈을 떴다. 소스라치게 놀란 민정은 자기도 모르게 삽을 몽둥이처럼 고쳐 쥐고 당장이라도 후려칠 것 같은 자세를 취했다. 수미 역시, 안 그래도 둥근 눈이 접시처럼 커졌다. 남자가 하품을 하더니 얼굴을 찡그렸다. 숙취 때문에 머리가 아팠는지 손으로 머리를 감싸 쥐었다.

"후아아암… 아으… 머리야…."

남자는 손을 움직여보려 했지만 머리를 뺀 몸이 죄다 흙에 깊이 묻혀 있어 옴짝달싹도 할 수 없었다. 팔다리를 움직이려 하자 머리 위쪽의 흙이 무너져 놀라서 벌리고 있던 입 안으로 쏟아져 들어갔다. 남자는 얼굴을 찡그렸다.

"에페페페페. 이게 뭐야 지금?"

민정과 수미는 돌처럼 굳어 여전히 꼼짝도 하지 못한 채 남자를 뚫어져라 바라보고 있었다. 퉤퉤 하고 흙을 뱉은 남자는 주위를 둘러보았다. 민정에게는 옅은 허탈과 이상한 안도가 공포와 동시에 몰려왔다.

"아 씨발. 대가리 깨지겠네."

흙이 눈에 들어간 모양인지, 아 따가워, 아 따가워, 라고 혼잣말 하며 눈을 세차게 깜빡이던 남자는 바람막이 모자를 쓰고 마스크를 쓴 수미를 멍하니 보았다.

"어? 수미야! 수미! 야, 이게 지금 무슨 일이야. 뭐야. 뭐하는 거야. 어디야 여기는!"

그리고 남자는 천천히 민정에게 시선을 돌렸다.

"누구…세요? 수미야, 이분…은?"

신체 중 유일하게 움직일 수 있는 부위인 머리를 이리저리 돌려 야산, 나무, 배낭, 트렁크를 거쳐 마침내 마스크를 한 두 여자가 손에 쥐고 있는 삽을 본 남자는 하얗게 질려 말을 더듬기 시작했다.

"야, 설마 지금 내가 생각하는 그런 거 아니지. 아니겠지? 저기, 장난치는 거지, 요? 저기요? 저기요? 선생님?"

삽을 꽉 쥔 채로 민정은 이렇게 어두운 가운데서도 상황 파악이 빠른 것만은 이 남자의 장점이로구나, 하고 생각했다. 남자는 민정에게로 시선을 맞추고 애원조로 빠르게 말을 늘어놓았다.

"저기, 지금 이게 무슨 상황인지 제가 잘 모르겠는데요. 무슨 말을 어떻게 들었는지 모르겠지만 제가 어제 술을 많이 마셔서요. 근데 제발 이러지 마세요. 저기, 어제 무슨 일이 있었는지 잘 모르겠지만 저 그렇게 나쁜 사람 아니거든요? 필요한 걸 말씀해주시면 제가 협조하겠습니다. 선생님, 이건 너무 극단적이잖아요. 대화를 해요, 대화를."

"대화는 얼어 죽을. 아저씨 좀 조용히 좀 해봐."

민정이 삽을 바닥에 꽂고는 수미에게 물었다.

"계속 묻어? 말어?"

"야! 수미야!"

그 남자는 소리치다 말고 본능적으로 목소리를 낮춰 수미야, 하고 그녀의 이름을 부를 때, 할 수 있는 한 최대치로 나직하고 다정하게 그녀의 이름을 불렀다.

"수미야. 수미야. 수미야, 나 좀 봐봐. 나 아파. 나 좀 꺼내줘. 입에 흙도 다 들어가고."

그는 눈꼬리를 내린 가여운 표정으로 수미를 올려다보았다.

"수미야. 지금 나한테 복수하는 거야? 수미야. 나야. 오빠잖아."

"댁은 시끄럽다고!"

민정이 버럭 소리치자 남자는 두 눈을 부릅뜬 채 얼른 입만 다물었다. 수미는 좀처럼 실망에서 벗어나오기 힘들었다. 애초에 내일 아침을 상상하며 떠올렸던 모든 구차함보다 지금이 조금도 달라지지 않았다는 생각이 들어서였다. 그와 동시에, 이제는 어떻게 되든 다 상관없다는 포기의 심정도 생겼다.

"미안해. 잘못했어. 내가 너한테 정말 잘못한 게 많아. 사람 무서운 줄 알아야 하는데. 우리 여행을 갈까?"

"……."

"아니야. 미안해. 정말 미안해."

"난 늘 불안했어. 걷는 길 아무 곳에서나 다 넘어질 것만 같았어."

수미는 조금 울 것 같은 기분이 들었지만 울지 않았다. 어떻게 할래, 걱정스럽게 묻는 민정을 향해 고개를 저었다.

"그냥 이렇게 두고 그만 가요."

"수미야!"

민정은 삽으로 남자의 머리를 치려는 시늉을 했다.

"그만 빽빽대! 해도 진짜 너무 뻔뻔하네!"

"아 그럼 죽게 생겼잖아! 요!"

"사람이 염치가 좀 있으라고! 수미 씨. 이렇게 그냥 두면 안 죽을 수도 있어."

"아니 그럼 내가 그렇다고 죽을 죄졌어요? 야, 말해봐. 내가 뭘 그렇게 잘못했어? 너 이거 무슨 짓인 줄 아냐?"

"가요, 민정 씨."

"잘못했어! 잘못했다고! 풀어줘, 제발! 살려주세요, 선생님!"

수미는 조용히 그가 묻힌 곳으로 다가가 천천히 삽을 들고 파기 시작했다. 수미가 흙을 파내는 고된 작업을 하고 그의 밧줄을 풀어준 것은 그가 가여워 보였다거나 비명 같은 사과를 뱉었기 때문은 아니었다. 그녀는 그때 불현듯 어떤 노래를 기억해낸 것이었다.

그 누구도 길들일 수 없는 그를 불러봤자 아무 소용이 없어요

협박을 해도 사정을 해도 움직일 수 없어

당신이 나를 사랑하지 않는다면 내가 당신을 사랑할게요

당신이 잡을 거라 믿고 있는 새는 날갯짓해서 날아가버리고

만일 더 이상 기다릴 수 없다면, 사랑은 그곳에 있는 것

오다 가지만, 또 오고 당신이 잡을 수 있다고 믿으면

당신을 피해버리네

당신이 피할 수 있다고 믿으면 그것은 당신을 사로잡아 버리고

당신이 나를 사랑하지 않는다면 내가 당신을 사랑하죠

내가 당신을 사랑한다면, 조심하세요

- 카르멘, 〈하바네라〉

이제 더 이상 사랑하지도 않는 사람을, 살인할 수는 없는 일. 그녀
는 알게 되어버린 것이다.

옛사랑은 불현듯, 자주 쓰지 않는 가전제품 같은 것이 되어버린다.
집 안 어디에 있는 줄도 모르고 살다가 어느 날 문득 토마토를 갈아
먹고 싶어졌을 때 떠올린다. 아, 믹서가 어딘가 있을 텐데, 하고. 여기
어딘가, 분명 여기쯤 어디, 둔 것 같다고. 그리고 잘 쓰고 다시 둔다.
잘 두었지만 어딘가로 금세 사라지고 만다. 오늘치의 삶 속에는 그
물건이 없게 된 것이다.

이제 그는 수미에게서 완벽한 가전제품이 되었음을 알았다. 내가
어떻게 이런 마음이 되었을까. 수미는 의아했다. 그 사람 때문에 울
었던 밤이 얼마인데, 오늘은 까맣게 잊힌 가전제품. 일 년에 한두 번

쓰게 되는 때에 이르러서는, 더 이상 작동하지 않을 때가 많았다. 물건에게서 마음이 떠난 채 방치되어 있다는 것을 물건도 스스로 기어코 알게 되고 마는 거겠지. 수미는 삽을 집어 들고 힘껏 흙 속에 꽂아 넣었다. 남자가 눈을 크게 떴다. 힘이 닿는 대로 흙을 가득 담아 밖으로 퍼내며 수미는 민정을 향해 희미하게 웃었다.

"미안해요. 헛수고만 했네…."

**

셋이 함께 탄 버스 안에는 안내 방송이 흘러나왔다.

"다음 정류장은 로터리 입구였습니다."

첫차가 달리고 있는 창 밖에는 아직도 어둠이 자욱했다. 그는 내리려고 주춤 일어서다 안내 방송을 듣고 당황했다. 그가 내리려던 정류장에서는 버스 뒷문이 열리지 않았다. 그가 문을 두드리며 기사님! 기사님! 하고 외쳤지만 기사는 마치 운전 로봇인 듯이 인기척도 없이 운전을 계속했다. 남자는 버스 기사 좌석 부스를 쿵쿵 두드리고 발로 차기까지 하며 내려달라고 애원해 기어코 버스를 세웠다. 아직도 흙이 가득 묻은 꼴을 한 그는 2인용 좌석에 나란히 앉아 있는 두 여자를 노려보며 뭐라고 중얼거리더니 떨어지듯 뛰어내렸다. 뛰어내리다가 양 무릎이 꼬여 아스팔트 위에 내던져진 모양새로 고꾸라졌다. 그는 바닥에 엎어져서도 중얼댔다. 그가 뭐라고 중얼거린 것인지는 입모양만으로도 알 수 있었다.

　미친년들. 죽었어.

　이내 버스는 그 다음 정류장에 도착했다. 아직 해는 뜨지 않아 어두웠지만 먼 곳에서 해가 오고 있다는 걸 알 수 있는 어둠이었다.

　"내리자."

　민정과 수미는 속이 비어 가뿐해진 캐리어와 캠핑도구들을 들고 버스에서 내렸다.

　"이제 어디로 가요?"

　"집으로 가야지."

　"버스?"

　"길 건너서 택시."

　"여기 이것들은 다 한 번밖에 안 쓴 거니까. 민정 씨가 가져가서 써요. 지금 줄 게 이것밖에 없어요."

　물끄러미 캠핑도구들을 보던 민정은 이것들이 앞으로 딱히 쓸모 있을 거라는 생각이 들진 않았지만 곧 고개를 끄덕이며 피식 웃었다.

　"뭐 살면서 언제 또 쓸지 모르지."

　"혹시 내 도움이 필요하면 연락해요."

　"그래. 한 번 해봤으니 우리 둘 다 잘 할 수 있겠지."

"고마워요."

"안녕."

민정은 웃는 얼굴로 인사를 남겼다. 혼자 들고 가기에 짐이 불편했을 텐데도 마치 잔상처럼 민정이 너무 빨리 사라져서 수미는 눈을 몇 번 깜빡였다.

수미는 어둠이 자욱한 정류장 벤치에 앉았다. 정류장에는 백열등이 환하게 빛나고 있었다. 초저녁처럼 어둡고, 멀리 나무 타는 냄새가 맡아질 때, 그 마을 사람들이 수미에게 말했다.

"네가 힘들 때, 그때만 이 마을에 들어와서 사는 거야. 단지 꿈속 같겠지만, 실제로 네 영혼은 여기서 살다가 돌아가는 거야."

마을 사람들에게는 모습이 하나도 없었고, 목소리만 연신 조그만 소리로 들려왔다. 자꾸만 서둘러 여기 잠시 있다가 돌아가야 한다는 말을 해주려고 했다. 모습이 없는 마을 사람들이었지만, 밥을 짓는 연기가 피어오르고, 빨래를 터는 소리가 들리고, 수미의 다리를 밀고 바닥을 쓰는 것을 느꼈다.

아무도 그립지가 않다고. 수미는 가까스로 아무도 그립지 않은 곳으로 도착했다는 것을 알았다.

이야기를 마치며

음식 만드는 과정을 글로 읽는 것을 좋아한다. 냄비에 맑은 수돗물을 반쯤 채우고, 양파 반 덩이, 멸치 열 마리, 다시마를 가운데 손가락 길이만큼 잘라 넣고 약한 불에 서서히, 팔팔 끓인다. 한 시간쯤 국물을 우려낸다. 다시마는 중간에 먼저 꺼내주고, 나머지 재료는 더 끓이다 체에 걸러낸다. 맑은 양파 멸치 다시마 육수가 된다. 어떤 음식보다도 그 음식을 만드는 과정이 가장 맛있다.

사랑, 이라는 완전한 단어만으로는 그 안에 있는 구체적인 표정과 시간들을 가늠할 수가 없어진다. 마찬가지로 '어제'라는 말로는 어제 있었던 일들과 그로 인한 마음이 어떤 모습을 하고 있었는지 오늘 아무리 말간 얼굴을 하고 있더라도 알 수 없어진다.

이 소설은 애도의 시작과 마지막까지의 과정을 담고 있다. 애도의 시작은, 특정한 관계가 물리적으로 끝나는 시점에서 시작되는 것이 아니라 그렇게 하기로 혼자의 힘으로 다짐하는 마음에서부터 시작한다고 생각했다. 이 소설에 실린 사소하거나 때로 너무 비장한 목소리들은 주인공들이 자기 자신을 지켜나가는 과정의 재료가 되었다고 생각한다.

더 많이 말하고 언제든 호소하라고, 그 목소리 자체가 구원의 재료가 될 거라고, 슬픔에 잠겨 있는 사람에게 말하고 싶다. 당신을 괴롭게 하는 사람이라면, 그게 어떤 누구라도 이제 그만 그 자리를 일어서면 된다고. 혹시 그것이 나의 뿌리 같은 것이라고 해도.

그렇게 하기로 하는 것은 좋은 일이기 때문이다.

가을,

김나리